主编　凌翔

当代著名作家美文自选集

总是纸短情长，无非他乡故乡

别山举水　著

民主与建设出版社
·北京·

© 民主与建设出版社，2019

图书在版编目 (CIP) 数据

总是纸短情长，无非他乡故乡 / 别山举水著 . —北京：民主与建设出版社，2019.12
ISBN 978-7-5139-2757-4

Ⅰ . ①总… Ⅱ . ①别… Ⅲ . ①回忆录—中国—当代
Ⅳ . ① I251

中国版本图书馆 CIP 数据核字（2019）第 247859 号

总是纸短情长，无非他乡故乡
ZONGSHI ZHIDUAN QINGCHANG，WUFEI TAXIANG GUXIANG

出 版 人	李声笑
著　　者	别山举水
责任编辑	周佩芳
封面设计	陈　姝
出版发行	民主与建设出版社有限责任公司
电　　话	（010）59417747　59419778
社　　址	北京市海淀区西三环中路 10 号望海楼 E 座 7 层
邮　　编	100142
印　　刷	唐山楠萍印务有限公司
版　　次	2020 年 1 月第 1 版
印　　次	2020 年 1 月第 1 次印刷
开　　本	710 毫米 ×1000 毫米　1/16
印　　张	13
字　　数	200 千字
书　　号	ISBN 978-7-5139-2757-4
定　　价	49.80 元

注：如有印、装质量问题，请与出版社联系。

序

　　这本书算是一个回忆录吧，记录我在故乡的成长，打工路上的拼搏，一路走来，所遇到的那些人，那些情，以及一些个人的思考。其中有对亲人的怀念，对乡村变迁的思考，对朋友的眷恋以及那一些朦胧爱情的感怀。全书一直贯穿一个情字，分为亲情、友情、乡情、爱情四部分。这些情伴着我从故乡走向异乡，又辗转回到故乡，一路走，一路思量，越沉淀越芬芳。父母的牵挂越过千山万水，儿子的思念跨过万水千山，血浓于水的亲情，被我塞进背包，一路相随。有欣慰更有悲哀，父母过世，我不在身边，有子欲养而亲不待的遗恨让我夜夜醒来。树人分权，娃大分家，但兄护姐带、手足情深的关爱总在记忆中，无从告白，儿子顽皮女儿古怪，初为人父，有绕膝浓得化不开的甜蜜装扮每一个平常的日子。一起打架，一起喝酒，一起撵电影，一起成长，有发小在身边总是那么快乐，可岁月不饶人，童年不会一直在，又有成人后为谋生不得不分开的无奈。还有陌生人萍水相逢，一个微笑，一句话，一柄伞所给予孤独灵魂的热爱。更有邻里乡亲，一粥一饭，一语一言，语重心长给予的教导与指点，如涓涓细流，滋润心怀，以及那一棵树，一株苗，一段岁月所赋予的精彩，在无聊的日子给予的慰藉，时时在心底徘徊。你陪着我长，我陪着你玩，有青梅竹马的情感像屋后的栀子花，开了又败。还有那异乡抱团取暖，一爱成灾，爱而不得，情深而别或苦或甜的恋情，成为此生心头的一枚刺青，永难忘怀。这所有的情都出自真心，所有的真心，都值得铭记，所有的铭记唯有用文字记录，才会在感动我的时候，也感动了你。

目 录

第一辑 那些年的我，这些年的你

清水

清水是我的表弟，比我小四岁，每当人们谈起他，有人惋惜地说，如果他不这样，他一定也是一个了不起的人，也有人羡慕地说，正因为他这样，才会有如今全家的福气。

清水身形高大，接近一米八的块头，四方大脸，如果不是那样，哪怕一生只是在农村，耕田耙地，栽秧割麦，也绝对不是一个怂人。

他小时候害了一场大病，高烧不止，那个时候农村的医疗条件非常差，根本没什么医药。舅舅只得找来赤脚医生给他扎银针，好像是扎错了筋骨，变成一个弱智的人。

他会说话，但是需要人教，反反复复就是那么几句。他喜欢听歌，九十年代的农村，很多人家里都有双卡录音机，经常播放一些流行的歌曲，清水听到歌声，就会倚在人家门前，不住地摇头晃脑。如今他如果呆坐在哪里，电视里只要传来熟悉的旋律，他能和着节拍，突然就吼上那么两句。

别看他现在一个上午或者一个下午，坐在那里一动不动，像个木塑，脚坐肿了都不知道换个姿势，连喝水撒尿也要人叫，可他年轻的时候，其实也是很能干的。

那时候，他有使不完的劲，村里的一台手扶拖拉机，别人摇得无法启动，他总是一把就成功。当拖拉机轰隆隆地冒出大团大团的烟时，他将摇手一甩，像个孩子一样，高兴得蹦起来。

别人在修拖拉机时，他会在旁边观看。当师傅走到哪儿，操作哪一个零件时，随时向他手一伸，他就能准确地拿出多大尺寸的扳手，或者老虎钳、锤子。

他还有一件事让人啧啧称奇。那个时候农村人的交通工具都是二八大杠的自行车，又高又重，很多少年学这种自行车时，总要人在后面扶着，战战兢兢，三五天下来，扶的人累得要死，学的人摔得鼻青脸肿，可还是没有学会。从来没有人看到清水学，也没有人扶着教他，可突然有一天，他拿过别人的自行车，一蹬踏板就上去了，直行，转弯，稳稳当当。

以后，再有人学自行车，叫苦连天时，人们就会说，你咋那么笨呢，还不如清水。

记得有一年，我们已经快要上床睡觉时，大门忽然咚咚响起来，母亲点亮油灯，开门一看，清水推着一辆自行车站在门外。母亲赶忙把他迎进来，细细的上下打量一番，他一切完好，憨憨地笑着。

母亲打来热水，给他洗好脸，又下了一碗鸡蛋面给他吃。那晚上，他跟我睡在一起，嘴里念叨着，这是姑妈的家，这是姑妈的家，慢慢地睡着了。

那一次，他在我家住了五天，像在自己家一样，一点都不生分。

那时舅舅家很穷，表哥在读书，家里只能靠生产和烧窑卖炭维持生计，而这些清水都帮不上忙。舅舅上山或者下地了，清水就无人照看，让他坐在家里，他有时待不住，就溜出去闲逛。

傍晚，舅舅一身疲惫地回到家时，总会有人到家里来告状，说清水拿了他家的东西或者打了他家的小孩，别人说得激奋昂扬，一副不严惩凶手誓不罢休的态势。舅舅只好一边陪着笑脸说着好话，一边将清水按在凳子上，用木棍抽打他。清水开始总是一声不吭，到后来实在受不了时，他一边流着眼泪，一边歇斯底里地号叫，不，不是我。

来人这才心满意足，走时还丢下一句话，以后可要将这个傻子看紧点。

事后，舅舅将清水扶起来，一边抚摸着他的伤口，一边问他痛不痛，清水便又一声不吭，舅舅忍不住抱着他大哭一场。

农村有句俗话，坏事都是瘌痢头干的。在那个时候，他们村庄的坏事，都是清水干的，没有原因，也无法讲清。

舅舅是一个有志气的人，节衣缩食，勤勤俭俭，跨过苦难，终于将大表哥供得读出了大学。

表哥聪颖好学，刻苦上进，参加工作后，瞄准时机，自己开创了一番事业，有了雄厚的身家。

舅舅一家差不多成了村里的首富，清水也穿起了名牌的鞋子，名牌的衣服，甚至也来到了富裕的大上海。

他现在已经人到中年，开始发胖了，早已没有了青年时灵捷，整天坐在那里，一动不动，只是有人来了时，他的眼珠才随着人影转一转，像被困在囚笼里。

这儿是陌生的城市，陌生的土地，没有二八大杠自行车，没有手扶拖拉机，他听不到熟悉的旋律。

他现在过着饭来张口衣来伸手的生活，他没有了欢笑，没有了哭泣，整天像木刻的一样，他的院落有一人高的不锈钢围墙，墙外轰鸣的汽笛让他惊悸，摇曳的霓虹让他目眩神迷。

当回到老家时，看到舅舅，他的眼睛才会明亮起来，透着光彩。他张不开口，因为各种各样的人围在他身边，满是羡慕。

清水真是好福气，我从小就看出他不是一般的人。他比我们强多了，在大世面混，他灵光着呢。人们望着他，啧啧叹着，以与他在一个村庄，淌过同一条河，爬过同一座山为荣。

清水早已将头扭向一边，呆呆地，一声不吭，不知道在想些什么。是吃过的苦，挨过的打，还是早已不在的姑妈？

也有人说，他家幸亏有了清水，如果不是这样，怎么会发得那么快，这是一种命啊。热热闹闹之外，有人在幽幽地叹息。

清水依旧呆呆地，好像不曾生活在这里，眼神逐渐黯淡，像要睡去。

一些想法之这样的我

我一向不喜欢追热点，不喜欢凑热闹，不喜欢人多的时候大声嚷，不喜欢拥挤的时候拼命地跑，不喜欢将欢欣与悲伤挂耀在额头，将烦恼与轻松翘在嘴角。我喜欢冷静地观察，喜欢独立的思考，喜欢将感恩藏掖在心头，留待岁月累久的积淀，将那一丝丝甜蜜恒久地品味。

这次苏州之行，几乎参与者都在写缘分的奇妙，欣喜的遇见，丰沛的感恩，余生的快事，而且有的情感真如喷泉一般，猛烈而激越，一写七八上十篇。

这一时成了热点，如此，我反倒没去看许多文字，也暂时没想着去写。因为此时，虽然大家的文笔文风各有千秋，经历见解千差万别，但呈现的场面却大同小异，反倒并不吸引我这挑剔的人了。

这如同在热闹中，我无法感受到真正的热闹；在寂静之中，我聆听不到单纯的寂静；在欣喜之中，笑容过分张扬；在悲伤之中，眼泪缺乏力量。

我不是路旁的一棵小草，我不是山崖的一块石头，我不是水中的藤蔓，我是置身于那场面中的一个人。我能深刻地体会到朋友们的惊喜和愉悦，珍惜与不舍，我也想表达对各位朋友于黄某的爱护，关切的殷殷之情。我想与每位朋友握握手，紧紧地拥抱，我想与每位朋友照张相，碰碰杯，说一声谢谢。但是，在那场面上，我什么都没做，甚至连笑容、语言都很吝啬。

但，我却一直在想，究竟是什么让我们聚在一起，毫无疑问啊，是彼此相同的爱好，是各自笔下的文字。我们最该感谢什么呢，感谢自己对生活的有心，对尘世的眷恋，对所有过往的与未来的日子饱含的深情。

唯有如此，我们才能写出愉悦自己，打动别人的文字，并顺着文字的阶梯，一步步，向上攀爬，领略着一场场美景。之后，或许拐弯，或许直行，一抬头，迎面一个笑吟吟的你。

正因如此，才会有你们的出现，如同奔跑时拂过头顶的风，如同燥热时渗出身体的汗，如同仰望星空时，脚下显现的影子，如同美梦中，那一声声细细的鼾。

不仅是苏州，以后，或许南京，或许上海，或许武汉，依旧会有一场场美丽的遇见，在文字的感召下，碰溅起夺目的光辉。

彼时，我也许还是那样，或许双手搁在膝上，或许双手托在腮边，静静地坐着，静静地聆听，但我的心一直热烈着，灼烤出滚烫的深情。

我不言，并不代表我不想；我不动，并不代表我不行；我不写，并不代表我不感念。我只是让灵魂踱步在那片热闹之外，一点点过滤，一点点收集，一点点贮存，一点点珍惜，留作以后，一生的回忆。

那回忆里，有衣袂飘飘，有歌声渺渺，有聚时的闹，有别时的笑，有一走一回头的唠叨。

而我，依旧静悄悄，强行压住内心激荡的浪涛，显出一副刻意冷漠的无可奉告。

感谢有你

小时候的我很瘦弱，不光身上没肉，脸上可以招摇的地方也不肯生长，五官孤零零地辍在那儿，给人整体的感觉就是丑。

也不知是不是自卑，反正言语很少，逆来顺受般，没一点扎人的气像。

很多大人见了我，说我很成器，会有出息。那种年代，只要你老实，别整天像孙悟空一般钻天入地，打鸡踢狗，这样的孩子都是好样的。因为我们不需要大人过多的操心，他们都很忙，没空管我们。

别看我言语很少，但我却很敏感。大人们很随意的一句话，我却放在了心里。其实，那时的我哪里懂什么颜值不够，用才华来补。反正上了学之后，我将大多数的心思扑在学习上。

这样，从小学到初中到高中，我的成绩在班里一直都是上等。人们越发相信自己的眼睛，自己的判断，更是说我有出息。

现在想想，我真的要感谢他们，他们不经意的言语却极大地鼓舞到我，让我拼了命地一直读到高中毕业。像我这种年纪的人，在我们那个大村庄里，能够高中毕业，的确是屈指可数。更多的伙伴是进初中一两年就辍学了，有的甚至没走出小学的门。

尽管高考不是很理想，没有更进一步。很多乡亲都是理解我的，他们并不认为是因为我不努力，而只当我是发挥失误。我没有复读，很多人表示惋惜。

在那段苦闷的日子里，有人说读书并不是唯一的出路，出去打工，一样可以混得好好的，凭着我的聪明，应该不会差到哪里去。

也有人说我太矫情，以为自己了不起，自己还真把自己当大学生，这一下好了，看我还能怎么扬眉吐气。

有善意，有叵测，有鼓励，有刺激。不管人们出自何种目的，我听进去了。是的，我成不了大学生，但除了读书，我真的还有很多路可走，我不必纠结于那已经不可能的事，我不必耗费太多的精力与过去把酒言欢，别情依依。

我没有更多的言语，但我可以下更多的决心，一条路走不通，我可以迂回一下，从另一条道继续走下去。

我很丑，但我很温暖，我已经长大，我有自己的决断力。我不会在表面欣喜于一言一语的夸赞，但我会将它深深的铭记在心里。我不会太在意那些负面的讥讽，我只当它是对我殷殷的期许，和再一次的激励。

感谢有你，微笑着的你，不屑的你，光明的你和模糊的你。

带着你们的目光，我开始飘荡四方。四方有阳光，四方有围墙，四方有温情，四方有悲凉，四方有深深浅浅的脚步，踩在我的心上。

曾有人陪着我在南国的柏油路上，热汗直淌，曾有人陪着我在骄阳底下舔着两毛钱的冰棒，张张狂狂。

曾有人在工地上，为我羸弱的身体，顶替更多的力量，曾有人在背后说，这个湖北的屌毛，傻模傻样。

曾有人与我共着一把伞，在细雨下幸福地徜徉，曾有人将我一个人丢在街头，在暴雨中淋湿了衣裳。

曾有人与我无话不谈，抵足而眠，畅谈今天明天后天若干年，永远的永远。可是一转眼，我在我的海角，他在他的天边，相忘于江湖，再不见面。

也曾写过一些字，有的人欣喜万分，辗转流留，有的人不屑一顾，叫我癞蛤蟆别想上天。

也有的人一直在左右，可却从不曾走进心间，但倘若一日不见，便又分外想念。

一直在外面走，经过很多路，路过很多人，得过很多心，失去很多情。某年某月某天，某省某市某县，感谢有你，或者刻意，或者不经意，出现在我的面前。

那一刻，风中有温暖，雨中有缠绵，太阳晒不干思念。你大声地叫，你细声地呢喃，你转身就走，你絮絮叨叨话说不完，一直在我心中盘旋。

当时也许我眉开眼展，也许咬紧牙关，也许侧耳聆听，也许怒气冲天。

如今我只剩下感激，感谢你在意过我，感谢你丰富了我的从前，感谢你让我对过去多了一份怀念，感谢你让我的经历丰盈饱满，感谢你让我的笔端流淌出更多的缱绻。

我还在路上走，一直走到了简书。我在上面用心思，用经历，用感悟，用手指将文字砌铺成一条长长的路，我在这条路上走。

有人看到了，拉住我，你这也叫文字，完全就是垃圾，污了我的眼。我一怔，腼腆地笑笑，还真是。

在这里，我向你双手抱拳，感谢有你让我明白，我的文字有多么的差劲。让我知道我需要付出更多的精力，细细地打磨，勤奋地练，才好让你的眼，不被垃圾牵绊，浪费你宝贵的时间。

也有人看到了，感慨尘世中与我相遇，说我的文字多么的温暖，让他看到更好的明天。

让人感动的是，他说将我的每一篇文字都看完，越看越喜欢。我不知道他鼓了多大的勇气，下了多大的决心，让他如此抬举，如此赏脸。

对于他们不管是褒还是贬，我都心存感念。好与坏，他们能够提出来，说明他们看进去了，还能够提出意见，说明他们在意我，绝非简简单单的敷衍。

对于指责，我不怪他们，各花入各眼，各有各的判断。我只能更加努力，让自己朝好的方面改变。

对于赞扬，我更加惶恐，只怕他们过分地宠溺，以偏概全。我只能沉下去，期望自己不要辜负他们，给他们留下遗憾却不话真言。

不管在哪里，不管走到哪一步，感谢有你，曾进入我的生命里，留下你的足迹。

好与坏，痛与爱，遥远的过去还是今日的现在，只要你来过，我都深深地感激。感谢你让我平淡的日子多姿多彩，感谢你让我缥缈的脚步留下深刻的印记，感谢你让我卑贱的生命窥见明日的惊喜，感谢你让我在空旷的世界不再孤独无依。

感谢有你，你值得我珍惜。

忆病时随笔

现在的我，腰宽体胖，中年发福，腆着肚儿晃晃悠悠。我不高，踮着脚可能有一米七五，穿平底布鞋四舍五入可能一米七，已经有一百三十多斤，一年难得感冒一次。我不敢奢求荣华富贵，但起码我现在走在阳光里。

二十年前的我，头发蓬得老长，踮着脚一米七五，穿平底鞋如果量到头发尖也是一米七五。我的身高一如既往，可是身材却像豆芽，苍白得直溜溜，体重才一百冒一点头。

那时的我，晒着太阳却如行在暗夜里，周围的一切是那么的乏味，那么的了无生趣。

我以一个病人的身份整天窝在老家，四门不出。如我一般年纪的伙伴，有的在南方的骄阳下挥汗如雨，矫健如猴，有的在北方的寒风里呵气成霜，包裹成熊。他们也许没有太多的钱花，没有太美的食吃，没有太华丽的衣穿，但他们可以敞开喉咙笑，张开大嘴哭。

他们是健康的，笑也开心，哭也不忧，流的泪是清亮的，唱的歌是通透的。而我，笑得酸楚，哭得悲哀，孤独是自己的影子，绝望是同行的伙伴。我只是自己与自己不停地嘀咕，恨着这个世界的不公。

那时电视不是很多，即使有，我也不愿去串门，情愿将自己如同一条狗关在家里。也没有什么书，翻来翻去就是原来读书时的一些教材，也看不出新意。

整天里心情糟透了，却无所事事，找不到发泄的出口，我像陷在沙漠里，看不见绿洲。母亲每日里很是焦急，却不知如何安慰我。

她只是默默地在深夜里替我掖掖被角，清晨替我打扫床前吐出的痰，白天变幻着花样让我增强食欲，哪怕多喝一口稀粥，她也满是欣喜。

我像一个公子哥，衣来伸手，饭来张口，却总是无法快乐。

母亲不识字，借不来书，不过她也像一下子豁然开朗，想起我爱听收音机。她不知说了多少好话，从别处弄来一个收音机给我做伴，我一下子就爱上了它。

在里面，我听到了后街男孩，听到李宗盛，听到周华健，听到许多动听的音乐，也听到许多精美的散文，听到许多坚强的故事。在里面，我听到了潺潺的流水声，听到了鸟儿的鸣叫声，听到了太阳挣破乌云的声音，听到了鲜花一瓣瓣盛开的声音。

在深夜里，我不再瞪着空洞的眼，望着漆黑的蚊帐，捶打自己瘦弱的胸脯，诅咒世界的无情，恨不得即刻死去。在白天，我不再茫无头绪，与一切冷漠相对，看见阴霾心伤，看见落叶泪滴。不再对母亲忙进忙出的身影视而不见，不再对母亲絮叨的挂念心生厌烦，我的世界有了一丝绿意。

这一切母亲看在眼里，喜在心头，儿的点滴欢欣在母亲那里被放大无数倍，她的欢欣清清爽爽，直直白白，明明艳艳地挂在沧桑的脸上，传递给别人，也感染了我。

母亲更殷勤了，脚步轻飘飘的，将阳光踩出一串串金色的碎屑，荡漾在明亮的空气里。

天气一天比一天晴朗，阳光一天比一天热烈，有的枝头已经有嫩绿鹅黄开始绽放，我的食欲一天比一天强烈，自己一天比一天更有力量。

我听从母亲的建议，开始每天早起，在山间小道上跑起步来。

四周很静，那时是农闲季节，山野上看不到一个农人。翠绿的麦苗上还沾着露水，枯黄的茅草在路边张扬着，有麻色的山雀在底下钻进钻出，平坦的地方猛然擒出一两朵黄色的小花，像小小的脸盘，迎风点头。

天高云淡，到处都透明起来，有一些莫名的香味浮荡在空气里，让人愉悦。我的呼吸慢慢急促起来，我的身体逐渐热起来，我像一个新生的婴儿，发现一个崭新的世界，而这个世界正在赋予我更多的能量，让我健康地成长。

在母亲细心的照料和鼓励下，我以积极的心态接受治疗，坚持锻炼，我的身体恢复得很快。

到 7 月份，我已完全康复。我整日里高兴得忘乎所以，母亲也兴奋异常，只是背着我，又有些黯然神伤。她知道，我身体一好，就会像一只鸟雀，离开她的怀抱，飞向远方。

我在家里，哪怕不出声，也有个人影在她眼里晃，我走了，进进出出，就只有她孤独地与自己的影子相伴。况且我一走，就不知何时能归来。

她的头发全白了，背也弯了，在我面前，一下子矮了许多。

可我终究还是走了，很远很远，母亲站在山岗上，一直盯着我，背影拉得好长好长。

二十年了，我如今身宽体胖，面色红润，这一切，母亲早已看不到了。她将她的孤独一起带走了，走得很远很远，我找寻不到。她将她的拳拳爱心留下了，很近很近，贴着我的胸口，我一低头就能看得见。

那一年的成长

人们都感到很意外，他没有考上大学，这不是那个事啊，这种声音那几天像村民见面就问你吃了没有一样普遍，然后，有的叹气，有的安慰，莫不带着深深的惋惜。

是啊，他要考上才合情合理呀，从小到大，他一直那么优秀，人们的潜意识里，他早已是大学生了。

这是一个大村，几百上千人，难得出现一个大学生。他在小学就很刻苦，成绩一直拔尖，五年级加入团组织，在村部大礼堂的主席台上带着红花，扬眉吐气。小考时，他以全村第一的成绩进入镇重点初中，村民交口夸赞，父母深感欣慰。

在初中，他小小的个子在人们心目中留下了深刻的印象，各种表扬各种奖状总是围着他转。中考时，发挥得不很理想，但还是以前几名的成绩进入市二中。

在高中，他依然总在上游，依然为人们所注目。他带回的成绩，让在田间劳作的父亲毫无倦意，在塘边浣衣的母亲高声大气。人们一致认为，他们村要出一个大学生了。

那年的七月，酷热难熬，沉闷压抑，他伏在桌上绞尽脑汁奋笔，然而他的头有些晕，鼻子塞得通不了气。一连三天，天天如此，从进考场到出考场，感冒像幽灵一样依附着他，无论怎么用力，都撵不去。

于是，那个七月，成为他此生最深切的痛，成为他永远不想再谈论的话题。

那个日子，他在几百人的榜单中搜寻自己的名字，然后，他脸色煞白。几分之差，将他的人生分隔成了天和地，他站在地狱的门口，心里冷得无法呼吸。

那个夏天，别人发出的任何邀请，他都置之不理，整天呆在家里，寸步不移。

生活狞笑着向他扑来，他茫茫然，措手不及。

父亲病入膏肓，终日躺在床上，无法下地，母亲已老，艰难地侍弄着土地，收获一点微薄的希望。六畜不旺，流年不利，耕牛不下崽，老母猪无端暴毙，一切的一切，将这个家庭的老底刨得一干二净。

他已经二十岁，该要出力了，终于薄着脸皮狠下心来，作了一个无奈而痛苦的决定，不再复读，远离依偎了十一年的课本，做一个农民，为这个家庭尽自己的绵薄之力。

父亲在床上高声咳嗽，恨自己病得不是时候，不能像过去一样，犁田耙地，割麦插田，打场砍柴，样样手脚麻利，用自己宽厚的肩膀为这个家庭挡风遮雨，让自己的孩子有能力重振旗鼓，再次奋力一击。

父亲一次次将痛忍在心里，将怨吞进肚里，只恼恨自己要么一下子咽气，要么一下子神奇地站起，不要像废人一样徒添累赘。

可是，父亲终究没能站起，伏在床上，气若游丝。

母亲只是默默地忙进忙出，踩着晨露出去，摸着余晖回来，不肯放过任何一点下地的好时机，生火烧饭，喂猪洗衣，给父亲端汤递水，将黯然神伤的他轻轻唤醒，叮嘱他保重身体。

她没有表现出任何的失望，她好像总是忙在自己的世界里，可是，她如霜的发，肿胀的眼，偶尔愣怔的脚步，分明显示出她内心如山坠压的痛苦。

她的气只是避开他而叹，她的泪只是躲着他而涌，她的黑夜是无边难熬的黑夜，她的白天是强颜欢笑的白天，她只将那一股子不服输的勇气大明大白地摆在他面前。

乡亲们也只能抱着深深的同情，说一两句谨慎的言语，他们怕伤着他，也怕伤着他父母。

他既已作出决定挑起生活的重担，就应该像一个男子汉，敢于兑现自己的诺言。自己流的泪自己用袖子揩干，自己该淌的汗就让它大颗大颗地溅下来，自己留的遗憾只能由自己去填满。

他不能再以沉默来敷衍日子了，不能再以痛苦来折磨亲人了，酣睡与颓废挣不来生活的柴米油盐，躲避与绝望送不走岁月的暗淡与忧伤。

那种无言不仅摧残着他，也摧残着他们，摧残着所有爱他的人。他再也不能这样活，即使他不能活得那么明亮，但也不能活得那么窝囊，他不能辜负自己的选择，不能忽略他们刻意躲闪的殷殷目光。

他戴起了草帽，挽起了袖子，大大方方地走出了家门，像从前上学一样。他弓着腰锄花生草，他俯下身子收割稻谷，他在烈日下仰着脖子大口大口地灌开水，他在深夜里一遍一遍捶打酸痛的腿脚。

他抹着汗水看着沉甸甸的谷穗咧着嘴笑，他叉着腰看着白晃晃的棉花满心喜悦。父亲在床上辗转反侧，在懊丧中燃起一丝希望，母亲在劳累中将眉头逐渐展开。

他晃悠着腿，将碗扒得叮当响，他挥舞着鞭子，老牛在他前面犁出一地的芬芳。他的脚杆子紫得发亮，他的胳膊在粗壮地成长，他的面庞黝黑得成熟而坚强。

他大模大样，跨过沟渠，翻越山岗，踏着谷桩，在田间地头，将身影拉得很长很长，洒下粗犷的歌声，哗啦啦地响。

他是一个农人，他是一个男人，他是一个家庭的脊梁，他要将风雨阻挡。

他心中虽然有一想起就疼痛的遗憾，但他肩上更有一触摸就滚烫的担当。

那一年的成长，虽然有太多的忧伤，但更多的是给了他奋勇向前的力量。

那如风的时光

我的初中生涯是在镇中渡过的，是当时所谓的重点初中，除了师资配置强一些，时间抓得紧一些，其余的与普通初中毫无二致。

那个年代，在农村，只能有那样的条件，管你是富人的儿子还是贵人的后代。

我们都是住宿在学校，睡大通铺。自己带竹铺床，搁在两头用石头搭起的木头上。无来后到，各自挑好自己一米多宽的地盘，铺上被褥，晚上卷席筒一般，将自己包裹得严严实实。

经常睡着睡着，你滚到我的脚头，我压着你的胳膊，或者直接横着睡一晚上。有时睡到半夜，起夜的人总是将别人踩醒，咕咕哝哝，或者某一个时辰，喔嘟一声，床头或床尾的石头散了架，木头跌到地上。我们要么脚搁地上，要么脚朝天，囫囵着将就一晚。

那时疥疮，冻疮横行，跳蚤，臭虫随处可见，那种日子苦得清澈见底，我们却快乐得无边无际。

那时，我们还必须自己带米带菜，菜是家里炒好的，米必须自己淘自己蒸。

学校的食堂分教师食堂和学生食堂。教师食堂吃白馍稀饭，我那时从没进过教师食堂，也不敢多看他们的饭食，我怕越看越饿。

学生食堂里有一个直径近两米的大蒸灶，一人多深。我们洗好米后，将瓷钵放入蒸灶的竹格子上，一层放满后再添加一层，层层叠叠码到顶，面上覆一个大盖板。

那时烧火的师傅叫老鄢，是附近村庄的光棍汉，约摸三十岁，长得结实。每天拿着一个大铁叉，一把一把地将柴禾叉进灶膛，看到熊熊大火燃起了，他就四仰八叉躺在柴禾上，哼一些怪腔怪调的歌。

倘若冬天正好，炉火烤在身上，是一种极大的享受。他敞开上衣，露出线头脱落但还整洁的线衣，脸上像火一样红彤彤。课间休息的时候，我们像麻雀一样叽叽喳喳地凑到灶口取暖。老鄢就将炭火使劲往外扒一些，问我们学了些什么，哪个的成绩好，问了之后，他盯着学习好的人就会久一些。待到铃声一响，我们又像麻雀一样地飞走。

食堂一下空寂起来，除了啪啪啪的柴禾爆裂声。老鄢拿着扬叉立在门口，看着教室的方向，像门神一般一动不动，敞开的衣服随着冷风摆动，他浑然不觉。

倘若是夏天，食堂本身就成了一个大蒸笼。老鄢像烧窑的汉子一般，脸熏得黝黑。他着一个大裤衩，上身一件月白汗衫，身上一直像在水中泡着，湿得透。

他叉开腿，远远地挑进柴禾，然后卷起汗衫，擦一下眼窝的汗水，赶紧跳到门口，吹一吹凉风，猛吸几口气。

有不知高低的学生问他，老鄢，你一个寡汉条，干这苦活为啥呢，准备以后买一口好棺材吗？

老鄢一脸怒色，你这个小崽子，不好好念书，瞎琢磨些什么。我告诉你娘老子，打你的屁股。

饭蒸熟了，快放学时，学校会安排几个学生出钵，将蒸灶里的瓷钵拿出来，摆在食堂的木架子上。出钵时，总有学生会偷吃别人蒸在饭中的红薯或土豆，当然必须背着老鄢。

有时，某人正昂头一口吞下滚烫的红薯时，冷不防老鄢在身后一声暴喝：你又不干好事，偷别人的，我告诉你班主任去。那人吓得吞不赢地吞，像鸭子吃螺蛳，一梗一梗地，忙结结巴巴地说好话，再也不敢这样了。

有几天，老鄢像丢了魂，完全心不在焉，饭总是没蒸熟，像枪子一般夹生。有暴怒的同学骂骂咧咧，与老鄢争执起来，拿起扬叉要捅老鄢。没想到，又高又壮的老鄢不仅不躲避，反倒蹲到地上，哇地一声哭了。

原来，老鄢的母亲病了，哥嫂撒手不管，让她睡到柴屋里。老鄢又愁老娘的吃喝，又愁老娘的身体以及看病的钱，心情很差。他天天晚上跑回去陪老娘，端茶递水，尽力伺候，忍不住与哥嫂大吵了几回。

他吃没吃好，睡没睡好，人像霜打了一样。他一说开，那学生扔下扬叉，也蔫了。

整个初中，我们吃得简单，穿得简单，玩得简单，我们的青春也简单，简单的日子一不小心就在眼皮底下溜走了。

如今我们都已人到中年，飘荡在五湖四海，平时偶尔通通电话，说一些不咸不淡的空话，声音隔着电波，如同隔着太平洋。

只有在过年时，大伙才有机会真正聚在一起，自然就会聊起那青葱的岁月。

什么谁与谁秋波暗送，什么谁与谁暧昧不清，什么谁最得某老师的爱，什么某老师实在太偏心。

什么一班的宿舍在哪儿，水塘边上有棵什么树，他与他骂过娘，他与他睡一个被窝，如此等等。

谈着谈着，也会谈到老鄢。有人说他是××村的，有人说他是

××皖的，有人说他又高又白，蛮文雅的，有人说他络腮胡子，一脸凶相，几十个人有几十种说法。

有时也会争一会，往往争一会又甚觉无趣。有人撸起袖子说，吃菜吃菜，干杯干杯，不谈那些无意义的事了。

同学们全都站起来，举起杯子，大声吆喝着，干，干，干。

桌上的菜迅速少起来，同学们的肚子开始鼓起来，好像刚才什么都说了，又好像刚才什么都没说。

于是，某某与某某如何如何，学校的操场在哪儿，食堂的地上多么滑，这些老生常谈的话又开始老生常谈了。

原来，我们并不是真的记挂某件事，怀念某个人，包括老鄢。我们只是人到中年，面对现世的无奈，无力改变，便只是向往那一段无忧无虑的时光罢了。

而老鄢只是那时光中的一点浪花，只是我们无话找话时的一点谈资。他已经慢慢变成一个影子，甚至一缕风，离我们越来越远。

直至在某一天，完全不见。

秋

秋总算来了，像一个刚入洞房的小媳妇，忸怩着抑制不住地掀起了盖头。它应该还是最爱我的罢，因为它一来，跨过我的身体，便让我切切实实地感受到了。

它随着微风，抚弄着我的头发，舔着我的面颊，有几分羞涩，像怕碰痛了我，动作很轻柔，刚一接触便匆匆分开，却并不走远。它在我身前身后，兜兜转转，轻轻地呼吸着，带着依恋，成熟的气息在大地蔓延。

它拿着小皮鞭儿，一点一点地驱赶着炎夏，慢慢兴奋起来，力道也足了些，脚步也急促了些。它拥吻着我火热的肌肤，像抹着一些花露水，透着香气，我一点一点凉下来，开始舒适了，并渐渐平静。

它逐渐大胆起来，将天空一下子推得很远很远，远得让人生出思念的情绪，让秋赋秋诗秋词秋飞的大雁，纷纷钻进离人的脑际。它还像一个魔术师，将天空变得瓦蓝瓦蓝，像洗过一般，隐隐有了些许漂白粉的味。大朵大朵的白云，像羊群，像娃娃的脸，像吃过的棉花糖，在天上一动也不动，只要你一抬头，它们就会告诉你，我是秋叫来的。

它将老人带到公园去，拉拉二胡，打打太极，唠唠嗑儿，悠闲闲谈。它也轻闲，爬到香樟上遛一圈，带下几片落叶，跃过湖面，催促荷花又张开一些，显得更自然，还让水珠在荷叶上旋转，一遍又一遍。

它将孩子们引到野外，踩在微黄的草上放风筝，那草儿像地毯，幸福得快要冬眠。一些不知名的野花星星点点，昂着脖子争奇斗艳，绽放着世纪末日的狂欢。

它将情人们笼罩在夜色里，相依相偎，呢呢喃喃，三生三世的情话巴不得一个晚上就说完。夜凉如水，浓情似火，水与火纠缠成一世的情缘。

月亮在它的抚摸下，带着激情，又大又圆，饱满得谁都想偷看几眼。

攀在树杈的丝瓜，爬上竹架的豆角，在葱绿的叶子中间，一枝一枝，一条一条，随意垂下，圆润而丰盈，让人想一把摘下来，添油加醋，马上变成美味。

田野里金黄的稻穗，低着头，自顾自地想着美美的心事，地里的花生，藏在松软的土里，蠢蠢欲动，早想钻出来，汇报它丰收的成绩。

农人的脸上褪去夏天的暑气和疲累，烟窝里嗑出一颗颗喜悦，终日挂着满足的笑。他们早就腾出粮仓，竹筐，麻袋，随时准备盛满秋的硕果，回报自己一年的辛勤。

秋就这样来了，披着浅淡的外衣。阳光在它这儿，少了强悍多了温柔；风儿在它这儿，已将灼热换作凉爽；空气在它这儿，少了浑浊多了清新；水儿在它这儿，没有暴怒只有轻柔。

秋就这样来了，迈着平静的脚步。落叶开始飞舞，鸿雁开始南飞，留恋挂在树梢，相思缀满天空，青春走向成熟，爱情开始沉淀，真心懂得珍惜，生命渴望永久。

秋就这样来了，带着绵绵的深情。有人留下背影，有人迎来重逢，有人生长，有人消逝。在轮回的四季，它不卑不亢，不骄不躁。它是一场人生的感悟，有悲有喜。它是一季种子的终结，它是又一季种子的开始。

秋就这样来了，携着无尽的相思。它穿过如花的春季，渡过如火的夏季，也将迎来似冷的冬季。在我的人生里，它来来去去，去去来来，附入我的灵魂，我们沉溺在彼此的默契里。

成熟静美而不张扬，丰硕大气而不骄矜。秋是茶，淡淡地让人回味，秋是酒，烈烈地让人向往，秋是烟，袅袅地让人思考，秋是一世又一世的爱恋，让人一世又一世地期盼。

秋是人世间的你我，淡泊高远，凉而不冷，滑而不粘，独立而不孤独，多情而不失稳健，这样的秋，我爱了它。

望故乡

这两天气候有点异常，一下子又像回到了夏天。气温三十多度，很闷热，干一点活，身上就热汗涔涔，黏得难受。

五点钟就醒了，我赖在床上胡思乱想。同事们陆续起床，他们有的要赶往市区，有的赶往很远的郊区。这个城市人多车也多，有那么几段路，永远堵着，让你急得冒鼻血，却找不到止血膏，唯一的办法是早起，用时间换取速度。

有电水壶开始滋滋响了，一声比一声急，然后在某个时段戛然而止，让我紧绷的神经一下放松。也有人在搓衣服，这种衣服永远泛起的是发黑发黄的泡，它包裹了太多工地上的水泥灰，铁锈和劳累的汗水，甚至一两滴委屈的泪水。它们在水桶里欢叫着，奔腾着，一个一个挣扎着破灭，但却带不走我们日复一日的希望。

头顶有飞机隆隆而过，这儿是一条航线。每隔五六分钟，从南方来的一坨钢铁，由小而大，直着向我们压来，然后，又由大而小，留下一阵喘息，撇开我们的目光，孤独地走了。

说实话，我曾经做了很多次梦，希望坐一次飞机回故乡，但一直不曾成行。我一直看着它们，带着向往，虽然机场就在前面不远我看不到的地方，我从来没看到它们降落，也许那儿不是故乡，不是它最终的方向。

同事都走了，室内一下安静起来。

哪儿一只水龙头应该没拧紧，要紧不慢地滴答着，如同贪玩的孩子忽然发现了什么感兴趣的玩意，一次一次低下头去探索大地的新奇。谁家的电瓶车像突然挨了一顿暴捧，呜哇呜哇地叫起来，似乎没人劝阻就不肯停下。甚至一只狗也和着节拍呼应起来，它整天困在屋子里，应该是太孤寂，终于好像有了同伴，可以撒一次欢，忘记对主人的不满。

我也起来了，时间还早，端着一杯开水站在窗前。

窗台前有大片大片的丝瓜藤攀爬着，虽已进入仲秋，可它却不管不顾，高擎着苍翠欲滴的叶子，在风中摇曳，一朵一朵嫩黄的花依旧开得热烈。偶尔　两条长长的丝瓜，在叶子的掩映中，时隐时现，让人忍不住想着母亲将它炒出鲜嫩的味道。

稍微远一点的院墙上，攀附着一蓬一蓬翠绿的蛾眉豆，开着一簇簇白的紫的花，花丛中还有蜜蜂和蝴蝶在飞舞，它们在我眼中是明亮的风景，与燥热的天气一起还在回味精彩的夏天，它们无暇顾及窗台前的人的秋的心境。

远处的马路边有一棵碗口粗的柿子树，厚厚的叶子上沾着扬起的尘土。这种尘土带着人间执拗的俗气，昨夜的一场小雨根本对它无能为力。

树上挂着很多果子，有黄的，有红的，也有半黄半红的，像一盏盏小灯笼，照着马路上匆匆的人流。地上还有一只，被人踩得稀烂，汁水流了一地，像痛苦的人无法止住眼泪。上面还有些黑点，我看得不是太清，应该是苍蝇吧，这种讨厌的家伙，才不会在乎在痛苦的人身上再踩一脚。

在浓密的叶子中间，还传来一两声麻雀的叫声，叽叽喳喳的，却是那么的好听，仿佛是我故乡的乡音。它们应该在我的故乡呆着啊，这个时候，稻谷收割了，泥土翻新了，到处是它们忙碌的身影。莫非是哪个伙伴偷偷地告诉了它们，我在这儿，它们才不远千里来追寻。

应该是这样，因为它们一直是朝着窗台的方向鸣叫，分明带着我们麻城的口音，分明一声比一声清晰，一声比一声急骤地涌进我的灵魂。

马路上有人背着大包大包的行囊，急急忙忙，仿佛像要飞，脸上带着渴望。也许就在前十分钟，前五分钟，他还拿着手机，与他的爷娘，他的妻儿，在娓娓地交谈，倾诉着衷肠。

窗外的阳光已经热烈，逮着一点缝隙就想往窗台这边挤，就想往离人的身上扑，我有些燥热。窗外的人一拨一拨开始多起来，踩着一种让人心动的频率，我的心开始扑通起来，似乎要跳出胸腔。

我站在窗前，端着一杯开水，没有添加茶叶，这儿的水泡不出清甜的香气。

我站在窗前，窗子迎面朝西，那儿是飞机降落的方向。我朝着前面望，似乎看到一个黑色小小的影儿，永不停息，一路向西。那是故乡的方向，但那不是故乡的飞机，因为离人不在上面，他只在窗前静静伫立，环抱着寂寥的空气。

我端起水杯，啜了一口。

我性子太急，水还很烫，迷蒙了我的眼睛，一串叹息漂浮在水面，荡漾开去。

风景这边独好

人间四月，芳菲尽显，莺随意地飞，草恣肆地长，阳光柔得如同口中的奶糖，轻轻一嚼，溢满清香。

樟树上的老叶掉光了，换上一层嫩嫩的鹅黄，鲜得像水浇过一样。一些花儿也倔强起来了，尚不及小拇指盖大小，分明它的叶子被踏得破碎，茎干折得倒伏在地上，但它还是倾尽前力，开得招蜂引蝶，让春天从地底向上昂扬。

风儿一浪一浪地吹，围着树，围着草，围着人的发丝旋转，像拴着一根线，兜兜转转。路上的人多了些，不用挑树荫，不用打伞，正是可以享受阳光的时节，一蓬蓬的生机在脸上绽，在扬手举步间向前方蔓延。

一切都祥和得心安，美妙得想要大声喊。

这样的时光必须要抓住，我走得很慢，眼波流转，将一切的美摄入心间。

前面有一株映山红开得正艳，粉白桃红，一朵朵像喇叭一样向过往的行人吹奏着浓烈的春天。对于映山红，我是熟悉的，从小伴着它们一年一年地成长。那个时候，它们就像路边的小草，随处可见，我对它们并无太多的感觉，甚至可以说有些害怕。因为老人们说，它的花蕊里会长虫子，倘若凑近它，那虫子会爬进人的鼻孔，吃掉人的鼻子。想想那场面，是极恐怖的。

因此，在老家的山上，碰到它们，我并不觉得很美，也不会去摘，甚至会拿起棍棒，使劲将它们一片片扫落，砸碎。

打工以后，所到的地方，除了密集的马路，密集的车流，密集的楼房，根本见不到山。一些树，一些草，一些零零散散的花被人从别处移来，见缝插针地栽在逼仄的泥土上，不分季节，像模像样地演绎春天，总显得有些刻板。

而这株映山红，却开得那么自然，那么娇憨，每一瓣都摇曳着让人舒服的明艳，虽然植根于贫瘠的土地，却仿佛盛开在我家的后山。

老家这几年大力打造旅游城市形象，"人间四月天，麻城看杜鹃。"映山红已经成了我们那个城市的标志，并被越来越多的人关注。每当有朋友问我哪儿的，我就会大声说杜鹃花城，然后向他眉飞色舞地描述那几万亩杜鹃成片开放的壮观场面，说着说着，自己就如同站在故乡的山上。乃至朋友走了，我还沉浸那一片花海中，周围都是故乡的人，耳畔吹着故乡的风，那远远的山脚下，隐隐露出自己的家，敞开着大门。

这株杜鹃开得正好，挽住了我的脚步。我伏下头去，嗅着花瓣，我早已不怕花蕊中的虫子了，即使有虫子，应该也与故乡的一个样。似乎有一些气味在空气中流淌，开始是陌生的，但我只抽了几下鼻子，它们就熟悉了，就一直随着轻风围绕着我，将我的思绪一缕一缕扯出，飘向远方。

正当我沉迷其间时，来了一对母女。母亲三十岁左右，风韵在春天里兀自盛开，带着香气。她拿着手机不停地变幻角度，距离，细致地拍着照片。女儿四五岁，叉着一对短短的羊角辫，辫梢系着两朵塑料花。她绕着花跑来跑去，像一只快乐的蝴蝶，一会儿凑近这一朵，一会儿挨近那一朵。她可真胆大，不惧怕花里的虫子，不过，也许这是她第一次看见映山红，没有老人对她说花里有虫子，也许那些老人一生没有离开故乡，想不到这儿会有映山红。

妈妈将一片片美丽，细心地捕捉，女儿将一片片美丽，全心地欣赏，春天在这儿停住了，任过往的行人张望。

女儿一边看还一边不停地叫，"妈妈，妈妈，快过来，这朵好漂亮。"手指戳到花上面去了。

妈妈望着女儿专注的神情说："喜欢不？"女儿拍着手连声说："喜欢，太喜欢了。"妈妈笑了，"那我摘下来，换下你的塑料花，给你戴上。"女儿眼里闪出光来，"好啊，你摘吧。"妈妈沉吟了一下，手伸向了那花，"那我摘了哈。"手碰到花了。女儿歪着脑袋，忽然急切地喊："不行，不能摘，你摘了，树会疼的，花也孤单，会在我头上哭呢。"女儿的眼睛忽闪忽闪，瞥了一下我，又认真地说："你摘了，树上就会少一朵，这儿空一个缺口，多难看呀，美跑到我头上，别人看不到，也拍不出更好的照片呢。"

妈妈笑了，一卜抱起女儿，在她脸上猛地亲了几下，"宝宝真乖，妈妈可舍不得摘呢。""咦，你的糖果袋呢？"女儿也亲了一下妈妈，"糖吃完了，袋子丢了。"

妈妈掰过女儿的脸，看着她，"美，我们要留给别人看，与人共赏，可脏和丑，你也要留给别人看吗，脏多一分，美就减一分，懂吗？"女儿猛地挣脱妈妈，往回跑了十几步，捡起袋子，丢到垃圾桶里，然后飞快地奔向妈妈。妈妈蹲下身子，张开双臂，紧紧搂起了她。

母女俩立在花旁，粉白桃红，人花相映，美成一个样。

风依旧微微地吹，阳光依旧柔柔地照，鸟在远处的树上舞蹈。映山红的花瓣张得更开了，氤氲着一种熟悉的味道，有山的清香，有水的甘甜，有老屋灶头的烟熏火燎，将我层层缠绕。

风景这边独好，人在花中笑，春意在枝头闹，甜蜜自心底飘，我被美好粘住了。

我与你在一起，依旧有深情

这次，我突发奇想，骑自行车去姐姐家。自行车是儿子的，小轱辘，小把子，我骑在上面，像小孩摆弄着玩具，模样挺滑稽。

沿路碰到熟人，别人的目光颇为不可捉摸。毕竟现在像我这般年纪的人，骑自行车很少见了。人们有的开小车，有的骑摩托车或电瓶车，如风一样，呼啸而过，威风至极。

只有我，还像中小学生一样，怡然自得，一个人奋力在自己的世界里。不过，这次可累惨了，一公里多的松个冲，路虽宽，坡却太陡没有力量骑行，弯弯曲曲，耗费我不少精力。回来时，尽管自行车刹车一点问题也没有，我却没有胆量放下陡坡，只是慢慢推下来。

我很懊丧，无论体力和勇气都大不如前，只能仰天长叹，年轻真好。

是啊，年轻多好，曾经凭着一股猛劲，迂回曲折，这个坡我能踩着自行车，爬上一大半。回来时，我能身轻如燕，左冲右突，行云流水般俯冲而下，长长的坡一下子滑过。

那时，我十四五岁，父亲托在城里轻工局的本家叔叔给我家开后门，买到一辆自行车。

那可不得了，那个年代的自行车在农村比现在的小车还稀罕。谁家有一辆自行车，大家心知肚明，谁家就有钱，就是富人，那可是值得炫耀的。

我家有了一辆自行车，那可是个宝贝。只可惜我是老幺，经常跟着空欢喜。大哥二哥大模大样地在打谷场你扶我，我扶你像企鹅一样在车上歪歪扭扭，哪怕跌得鼻青脸肿屁股盘子生疼，也乐得嘻嘻哈哈，劲头不减。

我就跟在后面如同一只陀螺不知疲倦地一圈一圈跑，更多的伙伴又兜在我屁股后，好像是他们家的自行车一样，高兴得不停地疯叫。

只有在两个哥哥都下地了，我在伙伴的撺掇和父母的默许下，才推着自行车出来偷偷学一下。

那时的自行车又高又大，都是直杠，就是将坐骑降到最低，我也踩不着。我便要么在直杠上站着骑行，要么将右脚跨过三角架，站着踩半转骑行。

其实，学自行车只要大胆，不怕痛，倒也轻松，几天便可学会，只是苦了后面扶的小伙伴。他们需要花大力气，要眼疾手快，要不停地跑，有时还要善于耍手腕，明明已经松手，还要假装正扶得起劲，用以训练学车者的胆量和勇气。

对那些经常讨好我，给我小人书和一些零食的伙伴，我也会显出一些大度，将自行车给他们学一会。不过要特别叮嘱，要小心小心更小心，人摔着了不要紧，千万别碰坏了自行车。

记得有一次，一个伙伴学自行车时，将龙头上的一块漆磕掉了，他吓得三天不敢登我家的门。母亲以为我们闹矛盾了，还让我拿些糖果去他家赔礼道歉呢。

慢慢地，自行车越来越多，大家经常聚在一起，找一个陡坡，大家拼了命地朝上攻，这样既可判断出谁家的自行车好，又可看出谁更有力量，然后在坡顶朝下放，一路上两耳生风，大呼小叫。谁若不敢放，便被称作胆小鬼，在学校里一直要被人耻笑的。

有时，我们故意找坑坑洼洼或拐急弯的路骑，锻炼自己的技术。一路上丁丁零零，像荡秋千，酸与痛完全不在意。

也有在打谷场炫技术的，或者快速骑行，突然刹车一捏，车子一下停住，看谁能够在车上定得更久。或者将几枚硬币丢在地上，骑车的人扶住龙头，坠下身子，车不能倒和停，谁捡得多谁赢。

每逢这样，人们像看杂技，围了一层又一层，不住地喝彩与鼓掌。农人的快乐就是那么简单，不需要更多的物质，不带什么功利，哪怕再穷，只要开心，就能将日子过得多姿多彩。

那时的我们也是一样，敢于探索，有力量有胆量，不惧困苦与挫折，不会计较与嫉妒，人与人之间更多的是温情。

自行车只是一个载体，载着我们的单纯与快乐，伴着我们成长。那些跌过的痛，受过的伤，早已没有痕迹，而留下的更多的是点点滴滴的爱意。

初中时，每个星期三，二哥会骑着车给我送新鲜的蔬菜，惹得同学们见着二哥都像见着自己的哥一样。

暑假时，姐姐经常捎口信，让我骑自行车去她家摘回一盆一盆的黄瓜，她知道我见着黄瓜就是命。

那年高中毕业，大哥大清早起床，骑行七八十里给我拉回行李，回来之后，大胯痛得直不起身。

我曾骑着自行车载着母亲去舅舅家，让她们姐弟一诉思念之情。

也曾骑着自行车黑灯瞎火地撵电影，对那些清纯的女孩狂吹口哨，惹得她们哈哈连声。

那辆自行车在我家你骑过来我骑过去，涉过小河，爬过坡地，下过集镇，留连过乡村。我们过得很快乐，不管晴天雨天，平坦还是泥泞，有它在身边，我们一直是快乐。

快乐的日子一去不复返了，自行车不再是主要的交通工具。它越来越小，越来越轻便，仿佛回到了它的童年，只与小孩一起玩耍。

我长大了，已有了衰老的迹象，再也没有从前那么单纯和快乐，仿佛是一个老头，只与自己的固执和消极较劲。

我再也没有从前的勇气和胆量，只过着明哲保身的日子，甚至背后传来清脆的自行车铃声和孩子咯咯的笑声，我都悚然一惊。

自行车的轮子依然前行，带着一圈一圈的力量，而我却背负着手，犹疑地看着四周，斟酌着别人模糊的目光。

自行车少了，我们也老了，慢慢远去，只有那些温暖的时光和淳厚的爱不曾远去，从过去一路陪伴着我们到现在。

那种清脆的鸣声时时震撼着我们，不要老去，不要老去，一直年轻，我们一起用更大的力量迎接下一个黎明。

就如这一次，我与你在一起，依旧有深情。

第二辑　那些年的事，这些年的情

梦

昨夜睡得不早，室外人已静，星已稀，睡得也不晚，夜色尚未凉，灯未尽。我不敢吹空调，身上湿气太重，点开风扇，任其摇头晃脑，如无数只蜜蜂困在那儿，近也近不得，远也远不得。

睁着眼瞧了一会黑漆漆的天花板，似乎顶上悬着一面反不出光的镜子，有些压抑，翻转身子，想找只蚊子逗逗，全身上下，竟然没感觉到蚊子的调戏。

而我，不知不觉在某个时候，由淡淡的睡意推搡着，似浪潮摇曳，眼睛合上了。

在眼睛合上的某一时刻，我如潜在浅水里，不小心睁开了双眼，眼前虽有一片光亮，却感到千斤重的窒息。我如一条泥鳅，忸怩着从黑夜中钻了出来，头脑也清晰地显现出一阵一阵的焦虑。

我被梦缠住了，像有一堆水草勒住脖颈，越挣越紧。梦中的我，一刻不闲，一件事在手上做，另一件事又在旁边逼。我不得不算计着时间，赶着眼前的活。可无论我如何争分夺秒，事情总有那么一大堆。

我不明白那些事为什么非得今日完成，我不明白为什么总是小心翼翼，我不明白即使在梦中我也不能片刻将息，我不明白我睡着了怎么也那么累。

　　我不明白，我做的梦为何也这般的苦，这般的涩，这般的让人上气不接下气。

　　我不明白，我的梦境与现实，为什么不可以拉开一点点距离，让我在合上眼的时候，脱离大地，如一朵轻盈的云，在天上快乐地飞呀飞，飞呀飞。飞到那遥远的地方，不再朝回望。

　　这一切，从没有可能。

　　梦中的我，紧张万分，总怕事情没做好，总怕事情完不成。梦外的我，在黑暗中翻滚，听不见了风叶声，看不见了月半轮，也管不了身上是否有蚊子叮。

　　但我知道，梦里梦外的我都一样。以至于根本分不清，何时在梦里，何时在梦外，以至于，我对梦没有奢望，对梦没有向往，在梦中也只是妥协着，不敢闯一闯。

　　以至于，白天和夜晚，黑暗和光亮，在我的世界，颜色都一样。

　　以至于，由睁眼到浅睡，由浅睡到梦乡，由梦乡到天明，由天明到起床，由起床到奔忙，感觉所有的所有，都如幻灯片，一遍又一遍，机械地去了又来，来了又往。

　　我无法从现实中华丽丽地飞出去，也无法从梦里面湿漉漉地浮上来。

　　梦里与梦外，压力与尊严，理想与现实，其实就是很多张无边无际的网，层层叠叠，虚虚实实，捆在我身上。我哧溜溜钻过了一个网眼，却又哗啦啦跌进另一张网中央。

　　不管钻到哪儿，不管蜷在哪儿，我都惊惶。

　　即使伏进梦里的梦里，梦里的梦里，我依旧像个小丑，锣鼓一响，不得不蹦跳着上场。

从那一刻起，我的世界不再有冬天

那是二十年前，我在武汉菜行做搬运工。菜行在一个大棚户里，每一个棚户有十多家，场地并不宽敞。为了节约地方，我们几个人就睡在厨房顶上临时搭的石棉瓦房里。

瓦房搭建得并不严密，到处都是缝隙，底下如果一烧饭，油烟味就像长了脚，直往上蹿，经常将我们熏得眼泪鼻涕横淌，咳嗽像鞭炮，啪啪个不停，连胆汁都快呕出来。

那是一个午后，我又呛得难受，咳嗽不止，这次的咳嗽很沉闷，像破锣在敲，胸腔起伏，如喝水的鱼。忽然我的喉头一热，一股腥咸喷薄而出，连绵不绝，鲜红的血溅在地上，张开成大朵大朵的花，让人眩晕。

我一下懵了，赶紧抑制住继续呕吐的鲜血，费了很大的力气，待到止住时，嘴巴已鼓得像个面包，里面全是鲜红，没有一丝杂色。

我几乎瘫软在地，同事们吓得不知所措，好不容易才清醒，七手八脚地将我往诊所送去。结果出来了，肺病，急性，我的世界一下失去颜色，暗黑无边，堵住我冲突的出路。

这边费用太高，也无人照料，我只能回到家乡去诊治。

其时，母亲已六十多岁，中风近一年，好不容易能下地，干些力所能及的活。当她听说我此时要回去，便隐隐觉得不妙，因为这个时候正是菜行的旺季，没有特殊的事情，我是不会放弃这个挣钱的好时机的。

那天下午，阳光很惨淡，天气一如既往地冷，当我缩着脖子哈着白气来到举水河边时，一个小小的身影出现在我眼里。那是母亲，我摇晃着身子奔过去，绵绵的沙咯吱咯吱地响，让我感到很无力。

母亲也看到了我，迎了上来，一绺灰白的头发被寒风撂到了脑后。母亲穿着一件宽大的浅绿毛线衣，拄着一截竹枝，脚上穿着一双极不相称的膝盖深的雨靴，摇摇摆摆，像只瘦小的企鹅。

我的眼眶一下湿了，母亲的眼里也噙着泪。她看到她的儿已瘦得脱了形，面色苍白得如同白纸，凌乱的头发散乱地张扬着，落魄得如同马路的乞丐。

母亲将我从头到脚细细地看了一遍，摸了摸我的脸，什么也没说，将我领到河边，蹲下背，示意我爬上去，将我背过去。

母亲蹲下去时，已不及我的腰那么高，其实她不用蹲下去，我也不用踮脚，只需将手向前一伸，就可抓牢她的肩。她一定将我当成小孩子，当成她刚刚学会走路的幼儿，如同从前的日子，背着我一次一次跨过举水。

母亲的背已弯得如一张弓，那双大靴子紧紧地抵着她的膝弯，坚硬得如同刀片，她的腿分明在颤抖。她的手一直向后环着，只想一把牢牢地反抱着我，将我耸得高些，抓得紧些。

她还是个病人，我的泪不可抑制地涌出来，像那次的鲜血，泛滥得让人心疼。

我将母亲扶起来，她执拗着挣扎，可终究还是抗拒不了。母亲抬起头，她的身高已经需要她仰望我了，轻轻地唤了一声，我的儿，你遭罪了。

这河水太冷，你身体不好，我背你吧。唉，你的哥嫂都不在家里，我只找到一双雨靴，不过也够了，我还有力气，背得动你。

母亲又要蹲下去，我忙一把拉住。

你身体也才刚恢复一些，可不能出重力呀，若毛病再翻了，那可就艰难了。

我拍了拍自己肋骨突现的胸脯，声音单调却有些生机。

不管怎么说，我也有一百多斤呢。

母亲瞅了瞅我，有些黯然，喃喃着。

我没给你好身体，趁现在有口气，让我再养养你，照拂照拂你，你现在大了，身体一好就要走，不知什么时候能再看到呢。也只有生病时，你才会回到我身边，我们就好好待一些时间吧。

今天你就是娃儿，我就是妈妈，今天背了你，以后想背也许都背不到呢。

母亲的眼里有太多的祈求，我的心在冰冻中像遇到一股炽热的暖流，一下子融化成软软的薄片，轻轻飘拂着，鲜活得要跃出胸腔。

母亲又蹲下了，双手习惯地向后挽过来。我又将母亲扶起来，母亲有些愕然，眼神又黯淡下来。我没有言语，轻轻地抓住母亲的双肩，将双脚向后弯曲，悬挂在母亲背上，她的双手轻轻兜住了我的屁股。

母亲停了一下，深深吸了一口气，仿佛鼓起了很大的劲。向前迈第一步时，她晃了一下，我又示意要下来，她的双手将我箍得死死的。

我不再动弹，否则，又要耗费她更多的精力。我将头靠在母亲的背上，泪水一直不停。

母亲的背很瘦小，虽穿着厚厚的衣服，依然咯得有些痛，但那痛带着温热，游走在我的全身。她的肩也是尖削的，像钝钝的刀锋，一下一下拉锯着我，带着满满的温柔。她的头发向后飘着，有些发丝停留在我的脸上，沾着我的泪水，再也不肯离开。

她的雨靴在水中一步一步向前挪着，那水便被劈成两半，有哗啦哗啦的声音不断地传来，像母亲唱着的摇篮曲。那些晶亮的水该是多么的冰凉，那种冰凉又是多么的顽强，向雨靴一次一次地侵袭，然后穿透雨靴，钻入母亲的双腿，流淌到母亲的全身。

然后，然后漫过我的全身，然后化成我炽热的泪，然后又回到了母亲的背上。

母亲的身子微微抖着，一百多斤的儿身压在她的身上，她的牙关有咬动的声音。她的儿又与她融为一体，又化成她身上的一坨骨血，她紧紧地环着那骨血，在冰冷的世界留下憧憬的春。

她的背早已单薄佝偻，却依然能给儿坚实的依靠；她的腿早已瘦小苍老，却依然能给儿稳健的支撑；她的发早已凌乱如霜，在儿的眼里依然清香如故。

所幸冬天水浅了许多，河面并不宽，我们很快到了对岸。母亲分明已喘起粗气，却故意抿着嘴，她的额上已渗出微微的汗，而她的背上，早已被泪水湿了一大片，冻得坚硬如墙。

母亲的竹竿丢在河那边了，往回走时，我一直牵着母亲的手，希望我能做她的竹竿，给她一点支撑。

母亲穿着及膝盖深的雨靴，摇摇摆摆，像只瘦小的企鹅，我单薄苍白，像风中摇晃的树枝。在河床上，我们走着，紧紧地牵着手，哪怕再冷的风，再难走的路，我们一直微笑着，一直交谈着，不离不弃。

那个冬天过去了二十年，母亲已离开了十八年，但我一直好像还伏在她的背上。即使有风，即使有雨，即使再多的坎坷，我也有勇气坚强地活，执着地过。

因为从你背起我的那一刻，我的世界没有冬天。

我要我的眼，什么都看见

我只看前面，速度不快不慢，控制在一个可以跟随的距离。我什么都不想，却又满脑子乱想。我很贪婪，想让那美丽的背影一直在我眼前。

我越想长久的东西，却总是很短暂。经常一个背影一闪，我还来不及看清她的脸，在下一个路口，她就毫无征兆地转弯。我很茫然，又拼了命地朝前赶，似乎一下子能看到天边。

在某一刻，又会有一个窈窕的身影在前面出现，我又不快不慢，眼睛只顾着盯前面。可是，在某一个路口，她又急速地转弯，根本不曾在意后面有一张注视的脸。

相信你也如我一样，有过这样痴狂的一天。骑车在路上，看见前面有婀娜的身段，你就毫无意识地追赶，脑子里盛不下其他的意念。毕竟，爱美，见美而追，从来不只有少年，往往走的路多了，更有冲动的危险。

也还真是，走的路多了，有更多的危险。这不，我抿着嘴，睁着眼，只顾往前赶时，左眼前一个黑影撞来。我停下了车，赶紧将眼一闭，迟了，正好将那东西锁在眼睛里面。人的第一反应就是揉眼睛，控都控制不住，我也一样。

越揉越痛，总感觉有东西撑在里面，我只好将眼睛睁开揉。揉了几下，手指上全是眼泪，还有一个小黑点，被搓成了汗垢一般。原来是一只飞虫，真不长眼，居然往我眼里钻，这下好了，什么也没看到，还将命玩完了。

我虽然在笑，可那是强颜欢笑，眼睛又痛又涩，已快睁不开了，里面全是泪水，我不得不一次一次用纸巾擦拭。

今天真是倒霉，吃午饭时，我点了一碗馄饨。馄饨上桌，我顾不上烫，将作料一加，便毫无吃相狼吞虎咽起来。因吃得太快，馄饨在碗里像跳水一般，蹦来跃去，一下子将汤水溅到我眼里，偏偏也是左眼。

也不知左眼得罪了哪路神仙，也许是它太强势了，看什么东西太清楚（左眼视力较右眼好），或者更好色，总是追逐着美而魂不守舍。就比如在路上，看见某个漂亮的背影，它总是一马当先，还不停地撺掇右眼，快呀快呀，别理其他的了，看这边看这边。

我是重口味的人，汤里有香菜，葱蒜，辣椒，还有醋。各种味儿不管它喜不喜欢，在里面呆着不出来。流了一滩子泪，遭了两个小时的罪，好不容易好一些，本想在马路上又张扬张扬，没想到，这一下，又被一只虫子践踏一回。

疼痛不止，流泪不止，总算没有痛哭失声。那泪只是静静地流，且眼睛挤一下，它就流多一些。我不美，但不停地有人侧过头看，我知道，他们不是着我的脸，只是看我流泪的眼，而且是一只流泪的眼，那不是同情，那不是心伤，只是好奇。好奇于我，怎么能够做到一只眼哭，一只眼笑，我笑是为什么，我哭是为什么。

我呸，我笑是为我愚蠢的追逐，我哭是为我真的痛了，我没有时间理你们。我还在路上，我还要走下去，而且也必须走下去，为家人，为自己，走到老。

左眼一直流泪，无法睁开，那就闭上它吧，一只眼一样可以走。有的人一只眼都没有，还不是走在光明里，比谁都看得清，比谁都看得远。

我闭上左眼，启动车子，不再为了追逐而追逐，慢慢前行。

我不再紧张分分，整个人一下子舒展开来，虽然左眼还在痛，但右眼却可以看得更多。其实，真的不在于两只眼一只眼，只要人慢一些，走得踏实一些，不再盲目，只要用心，哪儿都是风景。

看那绿化带，一溜溜整整齐齐，暗红色的嫩枝丫像天际的彩霞。那油菜虽然只有顶上几朵稀疏的花，但结了很多的荚，像豆角一样，里面存满了希望。蜜蜂赶上了我的脚步，在身边绕起来，行道树上也有鸟儿扑腾，一只斑鸠还朝我点了点头。

阳光比先前温暖了，更愿意在我身上逗留。风儿也不像开始那样尖厉呼啸，开始调皮地抚摸我的耳朵和头发。

路上的人，男的女的，不管是脸面还是背影，不管是一直跟随还是转眼即逝，沐浴在阳光里，吹拂在春风下，分明都充满着朝气，分明都美丽至极。

一处草坪上，有几个学生在嬉戏，有个年轻人躺着睡觉，有个老者拿着一本书，有一只猫来回蹦跳，追赶着蝴蝶。

马路上，有一对中年夫妻骑着三轮车，都坐在前排，看不出谁掌龙头，但他们有一只手搭在彼此的肩膀上，吸引无数人的目光。

到处都是风景，到处都有温馨。

倘若无心，哪怕睁大双眼，我们也只能拘限于自身，看不到众多的美好。不必刻意追寻那些不属于自己的东西，摒弃虚幻的妄想，认真走自己的路，认真留心生活，哪怕脸上闭着眼，我们心里的眼却会睁得更开。

哪怕是寒冬，我们能感受到暖阳，哪怕是盛夏，我们能拥抱轻风。哪怕黑暗遮住我的眼，我心里却是明媚一片，哪怕下一个路口是转弯，在我心里，也是大道通天。

一粒砂子的幸与不幸

有时人就是执拗得可怕，懒惰得可怕，明明一点小事，一举手，一投足就可解决，可我们偏不，宁愿一粒砂子时是咯着脚，甚至硌得起泡，却硬不愿停一会，脱下鞋子，倒出那粒粒砂。

这不，我还真是这样。

这几天，一直感觉鞋里有粒砂子，不大也不细。走在路上，时时感觉它一会儿在脚掌，一会在脚趾，有时又不知滚到哪儿去了。虽然硌得不痛，但总让我时时在意，刻刻分心，很不舒服。

有时走着，将脚腾空摇几下，或者在地上蹭几下，它便不见了。我忽略了它，又四处瞅着，看花红鸟飞，天蓝树碧，美人如过江之鲫。

可走不上几步，它又从脚后跟冒出来了，不停地骚扰我，碰触我。我不得不张开腿，将脚歪一些走两步，它又如同钻入地下，失了踪影。

如此反反复复，我虽然谈不上痛苦，但也为它费了不少心神，无论如何动作，它终究不能像空气一样，消散了去。

而我做了那么多，却始终没找个地方停下来，脱掉鞋子，将那粒砂子磕出。包括一直到现在，我写下这些文字时，那粒砂还在底下不自量力，抵着我的脚掌，妄图将我掀翻在地。

受够了你，既然将你写出来了，说明我对你已经在意。就近一处草坪，坐将下去，随脚一甩，鞋子便掉落在地，我拿起鞋子，竖立起来，摇了几摇，一颗谷粒般的石子滚落下来。

也许是长期呆在鞋里的缘故，它浑身被染成暗黑色，面目可憎，有一股隐隐的臭气。我有些厌烦，一下将它倒了出来，石子滚了一下，精神萎靡，毕竟外面的天空不像鞋底那么小，它很快便如尘埃，混杂在泥土里，无法分清。

就这么一点破事，就这么一点工夫，竟要我下如此的决心。可见，人们哀叹世上之事，十有八九，困难重重，如攀高山，此言非虚。

可是果真如此吗，其实未必。很多事根本不是事，也就针尖那么大，也就牛毛那么轻，可是我们非要将它看得如同天大，如同泰山重，不肯低下头动手做，一看到它便先怯了几分。

很多事不是不能为，不可为，而是我们不愿为，能绕则绕，能推则推，身不由己，被事情牵着鼻子走。等到小事积成了大事，淡事成了烦事，我们再兜着圈子团团转，呼天呼地呼人间，终究入不了法门，下不了手，一声长叹，世间之事，难啊。

此时，的的确确难了，可是易的时候呢？我们为什么不可以停一会，理一下头绪，花一点时间，下一点气力，将那事轻而易举地解决，不留后患呢。

曾经听说过水滴石穿，绳锯木断，为什么不可以将石头移一下，木头换个位置？曾经听说过千里之堤，溃于蚁穴，决堤之时，我们看着滔滔洪水，气势如虹，无人能挡，那么，当初的那一窝蚁穴还不是一瓶开水可以解决，几只蚂蚁指头可以掐死。

曾经一直说，从我做起，从身边做起，从小事做起，可是说归说，又有几人能做到。

不说别人，单说自己。我有几次擦过床前的玻璃，好让自己一睁开眼，便看到蔚蓝的天，让以后的回忆清晰饱满。我有几次给父母留过言，让他们吃好穿暖，放心地花钱，以至于现在，让那句"子欲养而亲不待"的话，像一把把盐，一次一次在心窝熬煎。

我有几次吃了饭将碗送到灶台上，再顺便擦擦桌子，好让老婆少跑一趟，少一些埋怨。我有几次在出去时，在镜子前捋捋头发，免得别人在背后笑我顶着个野鸡窝上班，自己羞得要往地里钻。

很多很多的小事，只需我们稍微动一下，既方便别人，又愉悦自己，既加深情谊，又锻炼身体，有百利而无一害。可我们总是找借口，总是推脱，总是忽视，总是大意，等到它们祸害到我们，眼前之碍变成心头之痛时，才悔之莫及，抱怨苍天父我，大地欺我，却不知道，那只是自己侮辱自己。

今天，我总算停了一小会，总算下定决心，倒出了砂了。我的心底如同一块巨石落了地，心情格外舒畅，人也轻盈了许多。

这不，再也不用一会儿走路一会儿甩脚，再也不会无缘无故作出那种古怪的表情，再也听不到别人骂我神经病。

这是小事吗，似乎不是呀。

我分明如同解脱某种束缚，自由自在多了。

你看，天那么高远，树那么葱茏，花那么娇艳，来来往往的姑娘，好像都对我多看了两眼。

这种心情，必将会延续到明天，后天……

因为一颗砂子，我写了一篇文，因为一篇文，我倒掉了一颗砂子，这究竟是它的幸还是不幸？因为一篇文，我有了好心情，因为有了好心情，我会写更多的文，于我来说，它应该是幸运的吧。

第一百颗泪珠

328423，这不是什么密码，但我比密码记得还清。它就是一串阿拉伯数字，但于我的生命，这串数字带给我却是无尽的快乐和开心。

它其实由两大部分四小部分组成，328 和 423，再细分就是 3，28 和 4，23。不兜圈子了，再兜我可没耐心，我想早点告诉你，连同我此刻愉悦的心情。

它是两个日子，3 月 28 和 4 月 23，前者是农历，后者是阳历，在某一年，它们是指的同一天。这一天，我女儿像个天使，来到了人间。我们那儿记生日以农历为准，但出生证明又以阳历为准，于是，这两个普通的数字便奇妙地组合在一起，镌刻在我的脑海间。

虽然这以后的八九年，这两组数字再也没有凑成同一天，但每到女儿的生日，我总将它们连在一起。

在那一年的这一天，女儿如期而至，我便有一女一子，人生第一次拥有个切切实实的"好"字。尽管以后的日子并不天天好，但只要一看到她们，我就心花怒放地将"好"紧紧地攒进心里。

女儿刚出生时，肉滚滚胖乎乎，头发不多，有些黄。一只眼睁一只眼闭，我抚摸她的脸，对她吹口哨逗弄她时，闭着的眼便睁开一条缝，瞄一下又合上，似乎没睡醒，另一只眼却一直滴溜溜转。

开始长得看不出像谁，完全看不出姑娘的秀气，只知道盘腿扬臂，像只仰面的小青蛙，一个劲地酣睡。慢慢地大些，她的身体开始抽条，两只眼也匀称了，眉是眉，唇是唇，头发乌亮乌亮，像个妞的样子，有了妩媚的神气。

那副脸盘怎么看怎么像我，连发呆的神情，走路的姿势，都时时倒映着我的影子。有时我就想，幸亏她出世前后，我不傻不笨，不胖不瘦，不结巴不馋嘴，也还时时照镜子，收拾得不太寒碜。否则，倘若将我某一缺点得了去，我岂不要天天恼恨自己，与自己结下冤仇。

女儿身体还算结实，像春天的嫩芽儿，在阳光中噌噌地往上长，也能迎着风雨，开始独自地跑。

她扯着光阴，在大地上留下一串串轻巧的足印，走过一年一年的328。如今，一年的这一天又到了，她忘不了，我也忘不了。

我们的联系比平时多了些。近段时间，她迷上了跳绳，放了学就在门口吧嗒吧嗒地跳起来。她可以跳得很快，脚步起伏如午后的阵雨，骤然落在水面，也可以跳得很慢，似乎力气快要用完，每一次举臂都如同最后一圈。

一蓬马尾在肩上来回不倦地敲打，敞开的衣服时张时合，扇出一阵阵风，绳子被她拉着鼻子，惊慌地绕着她轻快的身子转，她成了一个精灵，在小小的手机屏幕上对着远方的爸爸笑。她还会气喘吁吁地喊，爸爸，数清楚，我来跳一百下。

之后，在噼噼啪啪的绳子中央，她时而抿着嘴，时而低下头，时而甩一下覆住眼睛的头发，时而看看手机，虽然看不清我，但她知道，我肯定在默默地数。

到某一时候，她真的累了，便停下来，擦擦鼻尖上渗出的汗，一把拿过手机，将脸凑得近近的，长长的睫毛一下抵到我眼皮底下。爸爸，我跳了多少，没数混吧。我便会故意说，九十九。女儿在那边几乎要将脸挤进手机，哎，怎么可能，比一百只有多不会少。你在想什么，是不是我生日到了，准备给我礼物，急得连数都数不清。

这丫头，累得话都说不利索，就记得礼物。

我忙赔着笑脸说，是呀，是呀，你想要什么礼物。

女儿歪着头，明亮的眸子闪烁着，我想要，我想要……算了，不说了，你办不到。呵呵，卖起关子了，我忙说，你说，你快说，除了天上的星星，我都可以弄来。

女儿说，没那么麻烦，那太虚了，很简单的，但你就是办不到。我想嘛，我想你亲自给我切生日蛋糕。

女儿说完，嘴巴嚅动着，定定地看着我，眉毛锁在一起。

我一怔，事情确实简单，但我真办不到。我一下沉默了。

女儿静静地，眼珠一动不动，像浸在一泓清水中，熠熠生光。

过了许久，女儿开口了，好啦，好啦，你要开心啊，我的生日到了呢。没事啦，听妈妈说，你五一要回来，也就隔了几天嘛。到时，我留一块大大的蛋糕，等你回来，我们一起吃。

爸爸，我又跳绳了，这一次一定要数清楚，一百下。

绳子又转起来了，女儿的小小身子在绳子中央，在屏幕上起起落落，如一只翩翩蝴蝶。我的眼睛不敢挪向别处，只在方寸间起伏，默默地数着，一，二，三……。

其实，根本不用数，因为，我的泪水正在一滴一滴随着她的节奏坠落。当第一百颗泪珠掉下时，它们将汇流成河，缓缓地流过我的心窝，她的心窝，激荡起爱之清波。

那一天，我将自己嫁了

在我二十一岁及二十六岁时，父母相继过世，树大分权，娃大分家，哥哥姐姐先后成家另过。我一个人在广东晃晃悠悠，开年提着包出去，年边提着包回来，形单影只，囊中羞涩。

那个时候，很多小伙子孤身南下，到年底，像变魔术一般，携一个娇俏的媳妇回来，有的甚至还背着一个胖娃娃。村里人啧啧连声，直夸那后生有板眼。

我没有板眼，一年一年，裹着影子回来，看来我还是个比较传统的人，姻缘还得靠月老。嫂子们比我还急，通过熟人的熟人，亲戚的亲戚，方圆几里几十里的四处打听。

功夫不负苦心人，在我差点一步跨进三十岁门槛时，老婆出现在我的生命中。老婆本来有姊妹两个，妹妹在三岁的时候，家人没注意被疯狗咬了，抢救不及时，不幸夭折。

我们像模像样地谈起了恋爱，一开始就达成了一个共识，结婚之后，我必须入赘。我父母不在，兄弟姊妹众多，她那边只有老父老母，我毫不犹豫的答应了。虽说入赘这个词，在当时还带有低人一等，无用的意思，但我不在乎，毕竟还是读过高中，想得开。

现在人们的思想越来越开放了，已经无所谓入赘不入赘了，很多都是在两边父母住，哪边条件好，就呆在哪边。

我们的爱情瓜熟蒂落，当我拿着村委会盖着大红公章的户口迁出证明时，心中还是有一丝伤感。堰头湾，这个有着两千多人口的麻北大村庄，这个要山有山，要水有水，要平地有平地的村庄，这个我穿着开裆裤，玩着泥巴长大，舍命地打过架，没命地叫过妈，偷过，撒谎过，乖巧过，诚实过的村庄，我将再也不属于它了。

从不抽烟的我，那一天，坐在后山岗上，让烟火将我的指头熏得焦黄。那山，那水，那树，那土地，哪儿都曾留下过我的影子，哪儿都曾沾染过我的气息。我将与它们一一告别，抽身离去。

到了那个日子，我与自己的哥嫂兄弟姊妹简简单单地吃了一餐饭，喝了一点薄酒。他们不停地叮嘱我，在那边要照顾好自己，要学会如何做人，要卖起力将家庭好好撑起。

他们你一句我一句，絮絮叨叨，完全将我当成小孩子，我耐心地听着，默不作声。

吃完饭，好像我要到另一个星球去一样，他们又再三交代。时辰差不多了，在隆隆的鞭炮声中，我走向了那辆接我的车子。

我不喜欢穿西装，但那一天，我必须穿，我必须像个新郎的样子，喜喜悦悦，大大方方。衣服有些宽大，晃晃荡荡，我将扣子理得整整齐齐，袖口弄得笔笔直直，我不想让人们看出我的忧伤。

有发小喊着我的名字，有的拉着我的手，满是不舍，哪怕我们曾干过仗，诅过咒骂过娘。有如父母年纪一般大小的伯伯婶婶，目光一直追着我，轻轻地念叨着，我看着这孩子长大的。有的半认真半玩笑，以后经常回来看看，这儿可是你娘家。

嫁姐姐嫁姑姑的时候，很多女孩子哭得稀里哗啦，一步三回头。我哭不出来，但心里很堵。我直着步子走，不敢将眼神分散，我怕万一控制不住。

我的父亲，我的母亲，都没有等到这一天，如果他们也在我身后，他们一定会一边微笑一边流泪，我一定会放下男儿的矜持，抱着他们敞开喉咙大哭一场。

车子启动了，人们开始在我眼中后退，那老屋，那池塘，那满是灰尘的土路，那伫立在树梢的老鸦，那蹲在茅房旁的小狗，那跃上稻草堆的花猫，都在一步一步后退。

鞭炮和人们的呼唤声一阵比一阵轻俏，直至听不到。

两村相距并不远，当车子驶进老婆村庄的村口时，鞭炮噼里啪啦地响起，一大群人向这边涌过来。大姑娘上轿头一回，一个大小伙子，更是没想到会有这一回，我的心竟一下子慌乱起来。

也许因为是男孩子，也许是我脸皮薄，人们觉得没什么好闹的。下了车，这边几个兄弟将我推的推，背的背，拥进了洞房。

事后才知道，一道跟过来的姐夫和几个兄弟，被这边的姑娘嫂子婶婶撵得满村鸡飞狗跳，四处乱窜。结果，脸上，脖子还是被锅底灰，红墨水涂得红红黑黑，人人成了大花脸，只须配上长袖，便可咿咿呀呀唱上一曲。

洞房里彩条招展，满眼喜字，崭新的家具，满床蓬松的棉被。这种场景我曾在湾里看过无数次，也曾幻想着自己那一天早点到来。

我曾想着如何将老屋斑驳的墙壁粉刷一新，曾想着让瓦匠将房顶好好检查一番，使它不再漏雨，曾想着多种些棉花，打几床九斤重的棉絮，在新日子里盖着暖暖和和，甜甜蜜蜜，曾想着与穿得花枝招展的媳妇在父母面前庄重地跪下，规规矩矩地磕三个响头。

只是今日，我以这样的方式走进了洞房，将自己嫁了，父母在河的那边一定看得到。他们一定是欢喜的，他们的幺儿总算成了家，不再一个人孤独地流浪。只要真诚地待人，刻苦地工作，勤俭持家，他们肯定相信，我到哪儿都会幸福。

开席了，我与老婆挨个敬酒，亲朋好友人人祝福，大伙觥筹交错，为我们的新日子干杯。

这边的村书记站起来，拍拍我的肩，朗声道，咱现在是一伙的人了，在这边安心安意，踏踏实实，有什么困难只管找村干部。年轻人，有奔头。

青山依旧，绿水长流，山高水长，山不转水转，水转人也转。我向着幸福走了一步，跨进一个新的门槛，这儿将是我终生走不出的牵盼。

那些故事，或苦痛或欣喜，那些故人，或年轻或老去，都将在我崭新的人生中，成为永不忘怀的插曲。

这是一个新的开始，将会有更多的责任落在我的肩头，我的目光穿过墙头，掠过水面，朝向西边那座土丘。饮下一杯烈酒，我的泪，顺着喉头，滑入滚烫的胸腔，化成无限的温柔。

是夜，窗外静寂无声，红烛高烧，我一夜无眠。

举水情

阿飞这几天有些心不在焉，又莫名地兴奋。

举水河滩在春风吹拂下，早已翠绿得像熨过的毛绒面，裸露的沙子细碎匀称，白中带黄，像米筛筛过一样，河水清亮，鹅卵石，小蚌壳，摇曳的鱼，纤毫毕现。

一群鸭子嘎嘎欢叫着，时而将头埋入水里，后腿蹬着，屁股翘上天，时而昂头，左右摇摆，呼朋引伴，时而像一艘小船，前后穿插，谁也不看，似乎在炫耀驾驶技术。

一根一丈多长的竹竿竖在沙滩上，光滑锃亮，竿头系着一片红布，在风中扭着身子晃荡。

阿飞俯卧在草坪里，像个猎人，朝河那边张望。

阿飞的午饭很潦草，总是匆匆几口扒完，之后，像箭一般射到河边。他先看看鸭子，撒上几撮稻谷，鸭子便哄叫着，挤成一团。他在河里洗净了手，看看对岸，空旷着，静寂得让人窒息。

他在河里照了一下自己的脸，拂了拂头发，蔫蔫地返回岸边，择一处荫凉地方，俯卧着，静静地看着对岸。

气温慢慢升起来了，阳光热烈了，草丛里有黑色的多足虫时隐时现，有蚂蚁钻进他的衣服，爬过小腿，爬过腹部，他随意地搔了搔，并不分散太多的注意力。

河里的鸭子吵吵嚷嚷，不肯停歇。河滩上的人儿像根黑木头，漂浮在广袤的大海里，无人看见。

阿飞一会儿左手撑下巴，一会儿右手撑下巴，一会儿双手捧着下巴。

终于，对面的河滩上出现了一个牛头，然后整个牛身子升起来了，然后一顶太阳帽，然后一个红衣服的人儿。

阿飞缩了缩鼻孔，叼上一根草，一下子柔软鲜活起来，双手撑着地面，坐了起来。

红人儿望了一眼河中的鸭子，望了一眼竖着的竹竿，那目光一直像被什么拉着，越过河面，扑到了阿飞身上。

阿飞缩了缩鼻孔，拂了拂头发，双腿并拢了些，人一下直了许多。

红人赶紧低下了头，择了一处荫凉盘腿坐下，拿出了鞋底，穿针引线，细细地缝起来。

举水在静静地流，布条飒飒地响，鸭子嘎嘎地叫，牛儿摇摆着尾巴忙着吃草，一条鱼儿跃出水面，一只蚱蜢攀上枝头。

阳光照在两岸，两岸的荫凉处，一个黑人儿端端正正，昂首翘望，淌着满河的思念；一个红人儿埋头女红，拉扯出绵绵的相思。

举水河儿清又清

妹的心头有个人

给他做鞋有尺寸

他在那边不做声

河面并不宽，歌声很轻巧地躲过鸭子的喧嚣，在布条上震了一下，贴着草皮，不偏不倚，钻进了阿飞的耳孔。

阿飞的蔫劲早没有了，腾地一下站起来，阳光猛然照在头上，白晃晃一片。他用双手围成圆筒，收起腹部，一边唱着一边看那边，那人也刚好昂起了头。

　　举水河儿宽又宽
　　哥的心里有万言
　　妹在那边将哥望
　　哥的心儿飞上天

阿飞被太阳晒得淌出了汗，他几步走到河边，将水浇在发烫的脸上，心里平静了许多。他起身，拂了拂头发，蹭蹭蹭跨过举水，在细碎的沙上走了几步，沙子咯吱咯吱留下一串脚印。

红人停下手中的针线，定定地瞅着他，有一丝喜悦羡慕在脸上。

阿飞并没有向前，他的脸比竹竿上的布条还红，他折身打转，又留下一串深深的脚印。

牛儿跟着来到河边，低下头，将水饮得滋滋响，肚皮像蝴蝶的翅膀一张一合，鼻孔处的水打起旋来。鸭千吓得一惊一乍，在水上滑翔起来，晶亮的水花像珍珠跌在玉盘，脆脆地响。

　　哥将脚印已留下
　　还劳妹儿细心察
　　熬更守夜挑灯花妹
　　莫怪哥像呆瓜
阿飞来到了河这边，立在竹竿边，眼神有些迷离。

妹儿心里透光亮

哥的心里亮堂堂

哥哥情意溢举水

一针一线我为郎

红衣人立了起来，从头到脚都红了，那红红的脸蛋上一双黑黑的眸子笔直地盯着这边，透着火，将举水也映红了。

阿飞燥热起来，抽起竹竿，扬了几扬，竿头的红布啪啪地响起来。他抓起几把稻谷，向河里撒去，嘀嘀地叫起来。

鸭子哗啦啦全聚拢过来，又挤作一团。

阿飞将竹竿用力一插，竹竿像一杆枪，笔直地指向天空，竿头的红布舒展开来，摇摆着，像游弋的鱼。

阿飞挽起裤腿，急切地奔向河里，将河劈开一条缝，身后的浪花溅起老高，雪一样纷纷洒洒。

牛儿昂着头，望着那边热闹的鸭子，如同一个傻子，忘记了吃草，也顾不上看一眼那红与黑黏在一起的风华。

文字的河流，一直会有我

还是一直在写字，在每一次想写的时候。还是有一些朋友一直在加微信，当他们想要问些问题的时候。

有些问题三言两语扔过来，正好我有空，问题也在我的理解范围之内，我也就搔搔头皮，在头皮屑还没飘完的时候，三言两语回过去。

但有些问题发了一次三言两语，问不清楚，接着又三言两语，我揪着头皮，回了三言两语，在头皮屑落满手机屏幕的时候，又回了三言两语，还是讲不清楚。

最后讲着讲着，那边不吭声了，自此，没有了以后。

比如，有的人加了微信，问候儿句好听的话后，小心翼翼地说，老师，我可不可以发篇文字给你看看，指点指点，让我也能很快写出别人爱看的文字。

我一直脸皮薄，哪怕风吹日晒了几十年，至如今，我的脸皮依旧薄。所以，每次要费力思考时，我要么挠头皮，要么揪头发，反正，头皮屑掉了还会生出更多，头发掉了也会重新长出，但我不折腾我的脸皮，怕破了相，只能低头过余下的生活。

在看了别人的文字后，我总是管不好自己的嘴。或者说某处语句不太通，或者某处标点不太合，或者某种描写太过苍白，或者某处用词太过贫乏，啰里啰嗦。

我的眼太毒，总会盯着一些小瑕疵，我的嘴太毒，总是说不出顺耳的话。

别人也会嗯嗯表示接受，并且继续讨教下去。那如何才能改进呢，怎样妙笔生花呢？我吓了一跳，妙笔生花，我也做不到呢。

我便只能依照自己的一些过往，像模像样地充当一回老师。

这个嘛，要靠平时多积累。多看一些名家经典，多诵读记忆，有意识地模仿借鉴一些。毕竟，常在河边走，鞋都可以湿，常在美文中游，文字应该也会美妙些。

那看些谁的文字呢？

那要看你偏爱写什么样的文字啊，散文？小说？

哦哦，能推荐一些吗？

我将冰凉的饭碗挪到一边，手顺着脸皮爬上头皮，拼命搓弄着，回忆起自己记忆中的一些名家，一一写出来，发给他。

我敢发誓，他看的书绝对比我多，光是大学那几年。

他收到后，一句谢谢终结了对话。

至于他的文笔以后怎么样，我不知道了，因为我再也没机会为他挠头皮。

还有的人风风火火，一加了微信就问，在简书如何签约，我半年之内一定要签约，你给指点指点，你是成功人士嘛。

天啊，我听得头皮一麻。我算啥成功人士，只不过先走了几步而已，且还将一直向前走。没有简书，我在写，遇到简书，我依旧在写。没签约时，我埋头在写，签了约后，我埋头还是在写。

就是这么简单，天热时，吹吹风再写，天冷时，搓搓手再写，不冷不热时，打声呵欠，望望天空，想要写时，又埋下头写。

但这都是抽空时，该吃饭时我在吃饭，该睡觉时我在睡觉，该养家糊口时，我必须躬下身子养家糊口。

至于简书签约，你先要了解平台的规则，平台的需求，劲朝一个地方使。你爱热闹，你可入各种社群，你爱宁静，你可两耳不闻，但一定要写。

是金子，在热闹的地方，别人看得到，在僻静的地方，别人也看得到。只要你有货有料，能给别人帮助，尽力抖出来，在简书，这一点非常公平。

有些东西我还真指点不了，但不管怎样，你总要有自己的特色，有自己擅长的领域，认清方向，努力深耕。至于半年或一年，这个谁也不能打包票，胸脯拍得响并不表示决心下得大，决心卜得大并不表明行动起来快。

何况，很多时候还有机遇问题。

当然，我的回答粗糙而又粗浅，他嗯嗯之后的表情，我一样看不到。

还有人问我学历还是经历重要，也许他看了太多草根逆袭的故事。

我作为一个老高中生，只能一边捋头发，一边自脚尖向上呈 135 度角仰望天空。

倘若时光能够倒流，上天再给我一次机会，我一定要发奋努力，哪怕嚼再多的咸菜，熬再多的煤油灯，送进大学的门，即使蹉跎，也就蹉跎。

至少现在可以回味一下，在那绿树成荫的走道上，我也曾望着一个大学女孩的背影发过呆，或者侥幸地揽过某人的肩，在石凳上傻傻地数星星，那星星一定较现在更加闪亮。

这是一种多么美妙的经历，当我翻出那本发黄的毕业证时，它不再是高中的，而是大学的，我也不会叹那一口长长的气。

当然，他是无法领会我的心情，因为他没有我这种经历。他所感叹的，只是没有写出让他满意的文字。

而有些事，我也不想一次次嚼碎了，沾着一些唾液，像祥林嫂般献给他看。

对于这些，他并不真的感兴趣，就如同一次对话之后，他失去了踪影。

我还是在写字，在每一次想写的时候。还一直有朋友来，在他想起我的时候。也一直有朋友走，在他想忘掉我的时候。

而我，会一直都在的，在文字的河流。即使湿不了脚，起码也看过一些溅起的浪头。

真没意思

"打牌真没意思，人人都想赢，手上带着勾子，只管往自己面前抓。"五娘笼着袖了，站在墙根的朝阳处。

"是呢，乡里乡亲的，本来关系挺好的，可一上了牌桌就变了味。你怨我，我怨他，别人都没自己聪明，其实，自己才是蠢货呀。"二嫂举起自己的双手，左瞧右瞧，十个指甲尖尖的，红得像血。

"哪个说不是，每次一散伙，总听到说自己赢了多少多少，一桌子全赢了，这钱从哪儿来的，天上掉的，地上冒的？"三婶打了个呵欠，眼睛眯成一条缝。

"嗯嗯，我们都输了，赢的是主人呢，台租费那么贵，一个上午倒了几遍茶哟，太小气了，再也不打了。"五娘跺起脚来，踩着二嫂的影子。

"热天莫挡人家的风，冷天莫挡人家的太阳，晓得不。怪不得我打牌总是没精神，原来是你糟践我的魂儿。"二嫂用肘捅了五娘一下，五娘一个趔趄，险些摔倒。

"哟嗬，这么不经事的婆娘，又没踩着你脑壳。你看你那双鬼爪子，削那么尖，可抠去我不少钱呢。"五娘扬起脚，朝着二嫂的脑壳影子，使劲跺起来，震得土坯墙嗡嗡响。

二嫂气恼地左移右晃，影子像一团乌云，刚膨胀开来，立马又缩成一条线。"有本事在牌桌上显，现在呱唧呱唧什么呢。我年轻，我嫩俏，我想咋弄就咋弄我的指甲，我有钱，男人疼我。"

五娘脸色一下白了，又笼起袖子，缩在墙角，盯着南方蓝色的天发愣。

五爷和儿子在那边，有好几个年头没回了。人们都说，五爷在那边有人，早就不要五娘了，嫌她中了麻将的毒。

二嫂又举起她的手，一边吹着口哨，一边左看右看，总像看不够。

"唉，我说你们两个吵个鬼呢。你们总还有输有赢，我呢，从八月份到现在，手像沾了骚，一直霉，哪一回不是输得剩条裤衩子。就说上次，起手没两圈就听了头，五万滚筋，一张不现，她娘的，临到末了，还让你二嫂摸张坎荡，胡个大的。"三婶叹了口气，捂住嘴，又打了个呵欠。

五娘脸又红润起来，一下子立起，来了精神，凑到三婶面前，热火朝天地谈论起"风翻豹子翻"了。二嫂也收起手指，握成拳头，聚拢来，不停地嚷着什么时候要接连弄它几个"金顶"，好好报报仇。

三只脑壳抵着，磨蹭出响声，唾沫子散发出一层轻雾，在阳光中氤氲着。谁也没在意谁踩着谁，谁也没在意谁抓着谁，乡里乡亲的，融洽得很。

"哎，女人，在那儿发什么骚呢，抱成一团，要骚去家里骚。这么好的天气，就眼睁睁地浪费吗？"四英走了过来，在三只屁股上各拍了一巴掌。

三婶屁股一收，"男人回来了，舒服吧，起这么晚，我都等得瞌睡来了。"

"你不一样吗，昨晚一点多了，你家窗口还亮着灯，玩得带劲吧。"

四英哈哈笑起来。

"净说些无聊的，走呀，抓紧时间组织起来。"二嫂又扬起猩红的指甲。

五娘走到四英面前，低低地说，"先借点我吧，今天我手气肯定好。"

"好，我也先借点你，免得你等下输了再借，晦气。"二嫂掏出钱包，抽出几张，递给五娘。

"嗯嗯，很快就还你们。家里还有红薯粉，花生油。"

"我们不怕，只要张二愣在，去你那儿几回就够了。"

一阵刺耳的笑声响起，向着东方，西方，北方，也向着南方飘去。

"浪子，等下放假，帮我接下儿子。"二嫂扭过了头。

"浪子，我晒的被子等下帮我翻下。"五娘扭过了头。

"浪子，跟你三叔说下，中午我不回家吃饭了，他想吃啥自己弄。"三婶扭过了头。

"浪子，等下跟良文说下，让他给我送两千块钱来。"四英扭过了头。

我刚准备掏出笔，她们全都扭回了头，一起走向村口。

太阳好大，天气真好，将我的脑壳晒得有些晕了。

不会打牌，真没意思。

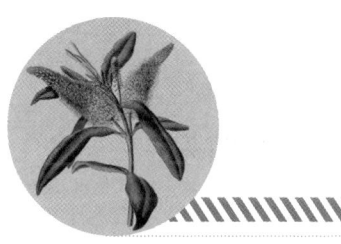

第三辑　那些年的风雨，这些年的季节

既是一朵花，我就要结果

倘若是夏天，即使地上热得冒烟，我想那迎面而来的风，呼呼地吹在脸上，胸口，手上，虽然有着火一般地烈，也应该比这春天的风好些。

春天的风不好，我没说错，这几天的风真的不好。尤其是骑着电瓶车，那种停下来用手抓不着，一起动便奋不顾身撞上身体的风，时时像刀子一样，割得人生痛。

虽说是春天，但依然保持着冬日的温度，我的车子一动，那风就张牙舞爪着追随，发出冬天的哀嚎。它们不时低着头，像蚊子一样钻进我笼着的衣袖，在里面嗡嗡着不肯出来，贴着我的肉随意地刺，一下比一下剧烈。

我的脸如浸在冰水中，双手早已麻木，但我不能停，甚至不能减缓速度，因为目的地很遥远，我必须准时到达，我必须要将事情做好。

春天还是有春天的样子的，沿路的各种花竞相开放，红绿黄紫，一堆堆地，如一副副漂亮的画卷，从我身侧向后飞快地延展，似乎没有尽头。

那开得最艳的是樱花，桃花，李花，沿路妖娆着，向路面倾斜，有的直接压在我的头顶，有的企图伸长了枝子，绊住我的车轮。只可惜，头顶的一闪而过，车轮旁的徒作多情，自己猛地摇摆一下，抖落一两片花瓣，便快快隐去。

我不理它，它们也不便过多纠缠。但它们并不寂寞，自有那多情的人儿在旁边花面相映，各生欢喜。不时有姑娘，小伙在花前一站，伸着腿仰着腰，咔嚓一声，留下自己某月某日的精彩，留作以后在梦中澎湃。

他们的手没用袖子笼着，脸上的笑一霎间越过我身后，拉扯得有些变形，但丝毫不曾减退他们的欣喜。他们一点都不冷，他们一点都不仓惶，他们没有撞上春天急速的风，他们听不到风在耳边狂乱地啸叫。

他们沐浴在春天里，阳光洒满全身，身上氤氲着温暖的气息。也真是气人，一样的天空，一样的日子，同一个太阳，同一片土地，阳光明显不公平。我刚投进日头下，不过一秒钟，要么是树，要么是墙，不知出于何种心理，它们的影子便迅即地将我包围，寒冷一跃而上，不顾一切钻进我的身体。

它们就这样，给一点阳光，又给一点阴影，反反复复，轮流交替。也许欺负我是过客吧，故乡在遥远的地方，叫也叫不应，就是委屈，又能说给谁听。没有人在乎，没有人怜惜，没有人肯多看一眼，没有人会管那是谁，又如何能奢求阳光时时靠近。

我只是一个过客，总是急急忙忙从一个工地奔往另一个工地，每天穿着与一大群人相同的衣服，在灰尘与喧闹中行进，留下灰蒙蒙的背影。

背影过后，身后矗立起一座座挺拔的洋楼，豪华高贵。它们一旦摆出了派头，像得了健忘症，将我忘得一干二净，我只能远远地绕道而走，不能丝毫的靠近。

它们摇身一变，奢侈得让人望而生畏，随便巴掌那么大一块地，便是几万，十几万，令人咋舌。当初在毛坯房里随时进出的人，如今买个厕所，也要好多年或者一辈子昏天黑地打拼。

这个世道，谁能说得清。制衣者，也许衣难蔽体，造房者，却无房安身，装空调者，只能任由冷风吹，粗俗者写几个无法辨认的字成了文化人，无知者可以拯救人类的灵魂，恶人抽几张钞票，分分钟成好人。

一如那些樱花，桃花，李花，凭借一时的妖冶，迷惑了多少良人，趋之若鹜，与之合影。从没见过这种樱花结过果，那种桃树也只挂一些指头般大小的毛桃，又苦又涩，入不得口，那种李树也只结暗红色的果，又硬又酸，无人采摘。它们此时花正盛，情正浓，只消些时日，风一吹雨一打，便颓然飘零，何人铭记于心。

那又如何，尽管没有硕果累累，但它也曾经无比辉煌过，被人视为珍宝。

你看那一块一块的油菜，虽然开得热烈，根本无人为它停留。那一棵棵蚕豆，青扑扑的满是绿意，它们也在开花，紫黑色的小花躲在宽大的叶子下面，无人注视。它们是寂寞的，除了我仓促地一瞥，又有何人在意。

但过不了多久，它们便结满了果实，成为食油，成为蔬菜，给人们增添营养，让人们咯嘣咯嘣着惬意地抿一口小酒。

此刻，它们不在意别人的目光，静静地开放，拼命地生长，尽自己的力量，为了以后毫无保留的奉献。

它们说过春天不好吗，我不知道，它的埋怨过世界的不公吗，我不知道。我只看到，在我快速通过时，它们朝我点了一下头，弯了一下腰，向着若有若无的太阳，露出傲娇的笑。

冷算什么呢，累算什么呢，从来没有完全平坦的土地，从来没有不起浪的海洋，从来没有一尘不染的天空。黑与白有时只是一时的看法，善与恶往往在一念之间，贫穷与富有还要看你与谁比，怎么比。

与其想那么多，还不如看准前方的路，握好方向，自己做自己，勇敢走下去。就如无人顾盼的花，在下一个春天来临，即使再冷，也要盛开，时刻酝酿着，在收获的季节，结满有用的果，过完自己有意义的一生。

闲冬

都过了大雪节气，日头愈发地短了。太阳只在南山岗上，弱弱地划了瘪瘪的半圆形，便迫不及待地隐进西山的松树林中。

闲冬已经来临，村头的大门一家比一家打开得晚，炊烟也变得参差不齐，有气无力没个准时准点了。

今天是个大晴天，最先打破村庄宁静的，依旧是那些老人。有的拿着斧头劈柴，有的在外面叮叮当当地生炉子烧开水，有的挎着篮子去菜园。无论干什么，他们总要在窗子底下咳嗽一通，互相打打招呼，重复着昨天和前天的语言。

等到半晌午了，年轻人才迎着太阳，呵欠连天地洗洗漱漱。有的急匆匆地去镇上买点现成的早餐，有的慵懒地在家里点开灶膛，早餐中餐一道吃完。老人们看到了也似没看到一样，只顾埋头干自己的活计。也有的禁不住，叹一声，"现在的年轻人"，但也只能是叹息，轻轻地。

仿佛是沾了年轻人的活气，村庄真正醒过来，开始闹腾了。

青石板上咚咚咚地响起捶衣声，水花开始荡漾开来，惊得野鸭子屁股一翘，扎入水中，拱起一股箭头般的浪。摩托车在水塘边轰隆隆地驶过，扔下一串淡青色的烟，渗进阳光里，消失不见。

有人架起案板，将洗净的萝卜切成指头粗的条儿，准备腌成咸菜。也有人拉起草绳，将砍回的白菜倒叉在上面晒干。

偶尔一个中年汉子挑起一担大粪，晃晃悠悠走过来，经过吃饭的人身边时，肩膀一颠，换一下肩，挤起一丝笑，讪讪地说声"得罪了"。吃饭的人缩紧鼻子，将趴在身边的狗一踢，"小黑，去咬那个神经病。"狗噌地一下跃起，冲到那人身边，绕着他的两腿转。那人呵斥一声，"你这狗畜生，不识么，快滚开，不然，杀你过年。"

狗像得了指令，三两下跑回吃饭的这儿，伸长了舌头，不停地转。

那边的大粪，晃悠着泼了一片。更多的人缩紧了鼻孔，瓮声瓮气地说，"朱老三，你个死鬼，还想不想过年？"

忙碌的只是极少数人，太多的人在阳光中走动着，像在寻找丢失的时间。一个汉子与一个嫂子擦身而过时，总要搭讪几句。

搞下不？

不搞。

你也不干什么，就搞一下嘛。

你们太搞大了，我搞不起。

好，好，随随你，搞小一点，过过瘾就行。

在哪儿搞？

到 ×× 的房间去，那儿晒得着太阳，舒服。

于是，这儿喊，那儿叫，打牌的上房间搞去了，许多的人上房间围着看去了。

等到中午时，池塘的水平静了，野鸭子自顾自地欢腾。案板不见影了，白菜像一道青色的帘子，蔫蔫地。两只马桶在屋角叠放着，泛着黑黑的光，臭味也跑了。

老人们将椅子靠在墙边，敞开衣襟，手舒展着，像要抱住太阳。有的人眼睁得大大的，头却像被胶水粘在椅子上。有的人头勾着，口水流着线。有的互相偏着头细声嘀咕，手向塘外边指指点点。

太阳不错，非常上身，有人的额头上渗出了汗。但他们胯下都立着一只铁皮火炉，热气一缕缕升腾着。他们依然觉得不够温暖，将腿习惯性地压得很低，腰弯得很下，好像再也直不了身。

哗啦啦的麻将声从某处窗口落下，一只公鸡像晒晕了一样，伸直脖子长鸣起来。日头一扯一扯地，走得很急。

老人们的耳朵好似都不灵光，没听到一样，但他们的眼睛都拉直了。

池塘外边，一个人拖着行李箱回来了。

他们急切地争论起那是谁家的孩子来，声音大得盖过了打牌声。有人立起了身子，咳嗽着，准备一脚两脚赶回去开门。

要过年呢，自个家里总会热闹一些时日吧。

故乡味道之腐豆腐

腐豆腐也许算是我们这儿的特产。

毕竟，我也从南走到北，从白走到黑，这么多年，千山万水，虽然豆腐都不认识我，不知道我是谁，但我的确吃过了许多花样百出的豆腐。这些豆腐都是在餐桌上，或者自己的碗里，尽是些油炸的或麻辣的。只有在自己的老家，才吃过腐豆腐，又香又辣，酣畅淋漓的下饭好菜。

腐豆腐，其实就是让新鲜豆腐发霉长白毛，产生一种闻着略臭吃着却香的味道，可供吃饭，下酒的菜肴。腐豆腐易于贮存且不易变质，吃着带劲，因此，基本上每家每户都会制作，在缺菜的时候，端上餐桌。

现在，腐豆腐成了远方游子牵挂故乡的一种真切的理由，它也在各种坛坛罐罐中，登上火车，汽车，地铁，随着游子的脚步，走向全国各地。

制作腐豆腐大多在冬季，此时，黄豆已归仓，人们开始打豆腐，制作各种豆制品，以应急缺菜的日子。

新鲜豆腐打出来后，放在太阳底下晒一两天，待到它不软不硬（筷子一伸不会破，但稍一用力又夹得开），太软，蒸起来会化掉，没嚼头，太硬，会像石头一样难啃，又少了些香气，就可以霉起来了。

开始霉时，找来一个泡沫保温箱，铺上稻草，垫入棉絮，将已晒硬的豆腐切成小孩拳头般大小的正方体，放入箱子，盖上盖子，再在盖子上蒙上一些旧棉袄，进一步保温。

然后将箱子放在一个比较干燥的房间，农村冬季大多生有火炉，一般就将它放在火炉旁边。

数九寒天，人怕冷，豆腐一样怕冷。太冷了，豆腐会冻得太硬，难以霉变，不会产生香味。这样的豆腐，永远也只是豆腐。

放置一个星期左右，箱子里会逸出一种粉香，也就霉得差不多了。此时，打开箱子，可以看到豆腐块上生出一层薄薄的白毫毛，还有一些地方生出一些淡黄的霉斑，豆腐散出一股馥郁的香味。

豆腐霉好了，将它们取出来放在簸箕里，再在太阳底下晒上一天，去除潮气。这个时候，有时需要在豆腐上蒙一层纱布，因为那些麻雀，喜鹊老远就会循着香味而来，趁人不备而偷嘴。

去除潮气后，就可以将它们收集在一个大盆里，端上灶台，灶膛里已生出一股不大不细的火。锅底敞气时，在锅里旋几勺菜油，将豆腐块倒入锅中，用锅铲搅拌，边搅拌边轮流加盐和辣椒粉。随着搅拌的加速，油香，辣气，豆香氤氲着，弥漫了整个厨房。

只要咸淡适中，辣味随个人口感，搅拌均匀后，就可以停火，铲起豆腐块。豆腐不需炒熟，也无法炒透，以后吃时，还要蒸。

然后，将豆腐块用筷子夹入各种玻璃瓶，各种瓦罐中，放置在干爽阴凉的地方，腐豆腐就算制作完成。

以后要吃，就可以捞起一小碗，倒入开水或米汤水，放在锅边，随着米饭蒸熟。当一揭开锅盖时，一阵热气扑面而来，那热气中有米饭的清香，有腐豆腐略带臭味的浓香，香气纠缠着，勾下 滴滴的口水。

轻轻咬一口腐豆腐，用舌尖拨弄着，用牙齿啮砸着，让那辣味和香味刺激着口腔内的每一个细微的感知，然后埋下头去，扒一大口米饭，迫不及待地吞咽下去。

肚儿鼓了，汗儿淌了，饱嗝里呼出一种别样的芬芳。

一块腐豆腐，仅仅一块小孩拳头般大小的腐豆腐，可以让我连吃两碗饭一碗锅巴粥，却可以让我在异乡将故乡回味一辈子。

天在下雨

天坏了，有人一手撑着伞一手拿着草纸，收着腰，明明知道外面大雨，却非要将头探出来，对着铅色的天咕哝一句。也就一刹那，雨水已胡乱地在脸上狂奔，他粗暴地抹一把脸上，使劲一甩，却不料将草纸甩出老远，又蹬蹬蹬地折回屋里，没头苍蝇般找寻起来。

眼睛到处骨碌着，埋怨的话语像伞头的雨珠子四下滚落，湿了一屋。屋内的人似乎受了感染，剥板栗的手慢了下来，仰脸呵欠一声，将轻飘飘的目光瞥向门外。

外面噼里啪啦，雨点砸在地上正欢腾。是呢，天烂了，霉了，就像你憋不住，时不时往厕所蹲，家伙不灵光，要失禁啦，剥板栗的人懒散着呢喃。找草纸的已火烧火燎缠着一大团，尽管腿抖得厉害，却依旧绕过来，踢了踢那人的屁股。

你的家伙才不行呢，我再怎么着，也才一天两次。你看这天，白一阵，黑一阵，像螺蛳的屁股，一天不知要淅沥多少回，没个利索。

剥板栗的屁股一蹶，身子向前一倾，忽然哎哟一声叫起来，我日，扎着手啦，死鬼，快滚厕所去吧。呆在那儿，闻着臭的想着香的，你才舒服，免得吵吵嚷嚷，你烦心，我也烦心。

拿草纸的用脚勾住伞柄，向上一掀，一只手接住，举过头顶，撞进雨中。啪啪啪，伞上像炒豆子，啪啪啪，脚下溅水泡。

天坏啦，一声叹息跌在雨中，很快失了踪影。

天真的坏啦，剥板栗的烦燥起来，看了看那些开始暗黑霉烂的板栗，气不打一处来。

今年板栗丰收了，但价就低，低到大胯以下，连裤头都兜不住啦。这东西不好存放，农人不得不紧赶慢赶剥出来，趁新鲜卖掉。不料，老天偏偏跟人过不去，整天虎着脸，没完没了地漏水，将人间弄得湿垮垮的。板栗开始变色，发霉了，价钱一跌再跌，跌得连手工费都算不出来了。

开先剥得还有一些生机，虽说价贱，但量大，拐弯抹角的帐，细细地还可算一下。农人很容易满足，大多时候不算工夫钱的，哪怕忙得没日没夜，只要有些收入，也可以喜笑颜开。但现在，不用扳开指头，这个帐就很清楚，亏得太不值了。经常剥着剥着，有人就打起了呼噜，还有人根本就懒得剥，啥时裂开，啥时捡一些炒着吃，坏就坏了，一点也心疼不起来。

剥板栗的心胀得慌，干脆将剪刀一丢，手套一摘，霍地一下站起来，转身走向门口。他走了几步，愣了愣，又折回身，走到板栗球堆旁，朝着它们，拼劲踢一脚，然后迅速抬起踢出的脚，弯腰双手抱着，单脚蹦跳着转了两个圈，嘴里咝咝地抽了几声重气。

很快，他放下了脚，前后甩了几甩，立定，带着些许趔趄，走向门口，倚着。

门前一道雨帘，朦胧得不进一丝风。地上的水从四处聚拢，汇成一股股麻花似的小溪，翻滚着向池塘窜去。池塘的水又开始漫起来，已淹过了那片捶得光溜的青石板。想必那些水又开始向稻田灌了。

剥板栗的从口袋里抠出一支烟来，捏了捏，潮了，拇指食指弯着一弹，烟划出一个由白变黑的弧形，落到水泥地上，很快被雨水裹挟得没了踪迹。

他又摸出一支，依旧软绵绵的，潮了。拇指食指微微弯曲，准备用力，忽而似被什么刺了一下，松懈了。想必所有的烟都潮了吧。

他将烟放在嘴角，掏出火机，接连按了三下，没点起火来。他恼怒地将火机倒着头前后晃悠了一下，再举起手，使劲摁一下，"啪"地一声，火苗窜到额角上。他凑合着将烟头挨过去，猛吸了一口，烟着了，将火灭了，潦草地向门外吐出。一股浓浓的烟柱直直向前冲，一触着雨点，七零八落，蔫了。

他软塌塌地靠着门，眼睛望着水塘外边。烟头一红一暗，烧得很快。

塘外边是一大片稻田，金黄黄地，早熟了，等着收割。稻穗沉甸甸的，弯了头。连绵的阴雨，更增加了稻穗的分量，而稻禾已开始枯萎，无法支撑更多重量，很多稻谷头重脚轻，已经倒伏在田里。

谷子已经熟透，种子的力量是无穷的，一旦沾着土地，就要生根发芽。即使没发芽，田里已蓄着很多水，谷子一泡，开始朽烂了。

那一片水田，东倒一片西倒一片，像被野猪闹过，坑坑洼洼，生了癞痢一般。

要到手的东西，就这样眼睁睁被糟践。

剥板栗的定定地盯着那边，似一尊雕塑，顾不上鞋面已溅着许多水，脚趾冰得痛。烟头已挂着一寸来长的灰烬，不肯落下，似乎怕一掉下，便粉身碎骨，被水冲走。

我日，这雨水，真他妈的坏，害我倒了大霉。上厕所的一阵风般冲过来，伞也不收，丢在门外，钻进屋里，连连跺脚，摇头，地上湿了一大片，空气中也粘得湿湿的。

靠，还在这儿发傻，中午陪我喝酒，但愿越喝越有，明年大丰收。

凭啥呢，这年头，还喝得起酒？剥板栗的头都懒得回。

给我冲冲霉气，真是的，这雨下得死愁人。我在厕所说查查天气，拿着手机刚点开，雨溅到屏幕上，拿手一抹，手机掉粪坑啦。今天是什么日子，害死人。

咳，你也真是，一天看百儿几十遍天气，将天看晴没？

你不也是，一天吹百儿几十支烟，将天吹干没？

一阵沉默。

你咋不下去捞呢，你挺会游的嘛。

你去帮我捞，一满坑水，你憋气长，潜下去试试。

哈哈。

哈哈。

忽而天亮了些，屋子里添了些沉滞的欢乐。

好，裤带勒紧些，中午干两杯。天要下雨，娘要嫁人，随它去吧。

嗯，嗯，干两杯，睡一觉，明天兴许就大太阳呢。

迎接下一个天亮

听他跟别人说，与赵薇是同乡，我立马问，安徽芜湖的？男人眼中露出惊喜，嗯嗯，你知道呀。

我当然知道，别看我天天闷声不响的，可装着一肚子七荤八素的呢。我沉默着，并不代表我浅薄，一无所知。我的话不多，可往往一句顶十句，用别人的话说，一句话可砸一个坑，而且是深坑。

但在这儿，我的话多起来了，事无巨细，总想问个底透，有点没话找说的感觉。因为如果我不说话，我会沉溺在自己的痛处，拔不出来。

这儿是医院，我受了重伤，那男人受了更重的伤。我们有一句没一句地聊，似乎每吐出一个字，疼痛便减了许多。

说来也有点千丝万缕的联系，男人在浦东某空调厂当操作工，生产某种空调。在上班时，操作失误，左手齐手腕一下子化作一张薄皮，没了。而我正是那空调的特约维修商，在维修时，不慎从高空坠落，右肘摔碎了。

因了某种空调，两个受苦的男人一下子靠近了许多，连每一个字中间停顿的呼吸都清晰可闻。只不过，他嘴里经常有黑鱼，排骨，鸽子的味道，而我，除了白米饭，再就是白萝卜，豆芽，青菜和一些隔夜的馊味。

这不能比，他老婆与他在同一个厂，这些天，正全程陪护。此刻，那女人正在绣一只薄薄的鞋垫，红花绿叶，鸳鸯戏水，栩栩如生。当然，这得益于我的眼神极好，以及对美的一种向往。我与男人保持有五十公分的距离，与女人保持有两米五的距离，但我依然越过男人，体会到一种脉脉的春意。

女人个子不大，一针一线收放之间，显得很麻利。脸色红红的，像抹了一层胭脂，时不时抬起头瞅一瞅我们，自顾自地笑了。

男人的伤口用纱布缠着，这样看起来倒没什么，但换药时，我看了一次，差点恶心得要吐。伤口还没完全愈合，像一截炭的断面，上面是黄黑色，如变了质的臭肉，确实让人不舒服。

医生给伤口消毒，他痛得直喊娘，泪都出来了，像一个小孩，将手藏到背后。女人便放下活计，抚着他的背，像哄一个娇宠的孩子，说着我听不懂的话。女人的脸更红了，眼中的泪漫上眼眶，不经意一低头，泪水洒到鞋垫上，洇湿了那一对恩爱的鸳鸯。

我慢慢踱到走廊上，深吸一口气，虽然那空气并不新鲜，但我的心好受多了。

做销售的真是神通广大，经常有假肢推销的笔直走到他的床位，先关心一番，再说他们公司的假肢如何如何好。男人与他们高声谈笑，哈哈连天，最后也会谈到男人的伤残几级，会赔多少钱。女人停下手中的活，幽幽抬起头来，受这大的痛，再好的也比不上真的，想他给我挠挠痒，还要看右手有没有空，赔再多的钱，有么用。

话音一落，一下子静了下来，只有轻轻的扯线的声音。

我有时与男人到一楼的花坛处东扯西拉聊半天，回来时，开水瓶总是满满的。有时吊盐水到了饭点，女人便过来拉开我的抽屉，拿出我的饭盒，替我打好饭。还有好几次，我洗脸时，一只手拧不干毛巾，她不声不响替我拧干挂好。

我很笨拙，经常对她说一下谢谢，下一次又说一下谢谢，谢谢说多了，自己也觉得乏味，有时便对她笑一笑。她便也笑一笑，男人在旁边，也跟着笑一笑，笑着笑着，全都出了声。

白天说说笑笑，四处走走，忽略了伤和痛，时间很快便打发过去。夜晚就难熬了，我经常痛得睡不着，翻来覆去，任泪水从面颊两边悄悄滑落，湿了脖颈和床单，一颗接着一颗。

男人也一样。半夜里，我经常看到一截残肢，像没有柄的桨，在那儿孤独地摇来摇去，撩拨着沉重的心事。一阵阵呻吟压抑着传过来，变了调。男人的伤口其实不痛，是他的神经痛，这种痛似针尖不停地捅，剧烈地捅，像个疯子一样不受节制。

女人便点亮床头小灯，不停地在他手臂处按摩，带着焦虑的喘息格外刺耳。按了一会，她会伏在他耳边低低地说，别怕，熬过去就好了，你看隔壁的，他也痛呀，但他多坚强，一声不吭。

尽管声音如蚁蚋嗡嗡，但我还是听清了。我咬紧了牙，手捏成拳头，但眼窝的泪，喷涌而出。

那边慢慢安静了，我也伸直了身子，不再翻动。尽管我很痛，但我可以挺住，我可以将痛压在心底。我倒伏的单薄的身子，只要不发出绝望的哀鸣，还能够给人以力量，让人坚强地朝前走。

其实，不管到何种地步，只要自己不投降，终会活成别人羡慕的模样。此际，不光自己走过了荆棘，也鼓舞了别人跨越山冈，看着他人的背影，自己一样获得向上的力量。

他们睡得很香，我也忘了身上的伤。我一头钻进梦里，迎接下一个天亮。

剪发

新学期开始，女儿八岁，该上三年级了。学校忽然来了通知，从三年级开始，学生都必须住读。尽管我家离学校只有两里路程，也不得不按政策办。

水桶，脸盆，被子，这些东西很快就准备好了。问女儿会不会打开水，会不会洗澡，会不会铺被子，女儿一直点头，会的，会的。

看起来，女儿蛮自信，对独立生活非常向往。望着女儿蹦蹦跳跳的身子，一只麻花辫像松鼠的尾巴，在脑后摇摆着，我问道，你会不会梳头，扎辫子。

女儿定住了，摸了摸脑后的辫子，睁着大眼睛看着我，点了点头，但很快又摇了摇头，这个有点麻烦，可不可以天天不梳头？

我就知道有点麻烦，但我也知道，天天不梳头，肯定不可以。

女儿的头发有一尺多长，很黑很密很鬈，还带一点卷曲，散开来，有一大把，她的小手抓都抓不了。平时，由奶奶或妈妈帮她梳，经常梳着梳着，她大哭起来，连连喊痛。每次梳头都要几分钟的时间，喊来叫去，像吵架。

最后，要么扎成马尾，蓬一堆，要么扎成麻花，肉胖肉胖的。

女儿有些着急了，低下了头，自信全没了。我跟她说，办法倒是有，将头发剪短，拉直，就不用扎辫子，梳起来也容易。

你舍不舍得你这头发，我扳过她的肩头，望着她笑。

女儿挣脱开来，当胸捶我一下，好啦，你说么样就么样，反正以后又会长起来。到明年，我肯定会扎辫子了，那时，我就漂亮啦。

我摆弄了一下她的辫子，女儿赶紧捉住，生怕它丢了似的。

之后，她便缠住妈妈，上街去剪辫子了。

我落得清静，靠在椅背上，边看电视边打起了瞌睡。

不知过了多久，恍惚之中，一股滚热的气息冲进我的左耳，一句呢喃细细响起，知道我是谁吗。我忙睁开眼睛，却发现眼前出现一片朦胧的肉色，原来，我的双眼被一双手蒙住了。是一双小手，不用说，是女儿的。

我故意逗她，是小渝，是子俏，是若水吧。身后立即传来一阵跺脚声，我的眼前也明亮了。

你真笨，转过身来，看看我是谁。

我偷偷捂了捂嘴，慢慢地转身，然后夸张地大喊，你是谁，怎么上我家来了。

女儿用手在我眼前拂了拂，你真认不出我了，那不要紧，你说，我好不好看？

我扑哧一下笑出声来，嗯，丑死啦，谁家的孩子，剪个炖钵头，我家涵语才不会这样呢。

女儿将脸凑到我面前，一只手扯住我的耳朵，你故意的，你好坏，姓黄的爸爸好坏。你再看看，快说，涵语好漂亮。女儿的眼瞪得溜圆，又腾出一只手，要捏我的鼻子。

我边躲闪，边装作认真地瞧，忽然一下将她抱进怀里。我说呢，谁家孩子会这么漂亮，原来是我家涵语呀。

　　我伸出手去抚弄她的头发，她头一偏，有些紧张，一下从我身上跳下去。她跑到大镜子那儿，歪头，扭脖，转身，三百六十度观察，看头发弄乱了没有。

　　师傅说了，我这头发一个星期不能洗，不能见水，也不能用力梳。以后，你离我远点。

　　话还没说完，她又跑过来，一下跳到我身上。她让我将头歪过来，往我左耳不停地吹气，麻麻酥酥地。

　　还痛不，要不，你揪一下我的耳朵。哦，不行，你毛手毛脚的，会将我头发弄乱。

　　女儿又吹了几下，然后双手扶住我的脸颊，将它扳正。女儿的眸子似两颗水晶，闪着清澈的光。

　　爸爸，你的头发白了，等放了假，我带你到街上去染一下。你也躺着，让师傅洗，好舒服。

　　女儿俯下身子，在我面颊上亲了一下，滚烫烫地。剪短的头发垂下来，在我鼻尖晃动，好舒服。

　　我半眯着眼，陶醉起来。

　　女儿又突然扳正我的肩，用手指撑开我的双眼，看着我，大声说，涵语最漂亮，宝宝最漂亮。

　　我睁大双眼，直直地瞧着她，大声说，涵语最漂亮，我的宝贝最漂亮。

　　没有笑，我也笑不出来，女儿紧紧环住我，让我动弹不得。

什么时候我们再见面

这个夏天，我看了很多人，准确地说，很多人看了我。

我基本上很少走出村子，不是在楼上的房间，就是在楼下的堂屋，不是吃就是喝，不是坐就是卧。

我处在一种休养的状态，地也不扫，板凳也不挪。三朋四友听到我归了窝，不论远近，都来看我的胳膊。

我们这儿看望病人叫"谅病人"。看成年人大多要买肉，至少两斤以上，看小孩就不必了，要么带饮料，要么给钱。

这个夏天，冰箱里的肉进的多，出的少，总是塞得满满的。整天面对肥的瘦的白花花的猪肉，有时炒有时炖，我差不多吃腻了。

来"谅"我的人，到家之后，必定问问我受伤的经过，边听边叹气，责怪我怎么不小心，之后，凑过来看看我的伤口，不免唏嘘感叹一番。然后喝一两杯茶，再三叮嘱我要注意休养，注意锻炼，尽快恢复。接着说一大堆安慰鼓励的话，什么这是命定的要遭一劫，挺过去就好了，说什么这也算不了什么，看开些，一大家人巴望着呢。

忙的人，喝了茶，该说的话也说了，起身便要走。扯扯拉拉之间，他说还要去哪儿办啥事，以后有机会再聚，或者娃儿在家，没人管得了。我说，要你花了钱，光喝杯水怎么行，以后聚是以后的事，怎么不将娃儿带来，在我这儿生分什么。

在这当儿，老婆已在厨房氽了一碗肉汤，热气腾腾地端了出来。那人见状，不好再推辞，一边吃一边嗔怪，唉，在你这儿还怕没吃什么吗，恁地客气。

满头大汗之后，碗见底，嘴巴一抹，再告辞，主客双方都满心欢喜。

农村人就这么实在，你为我花了钱，我总要舍己地让你吃一顿，否则，时时惦记在心里，过意不去。

遇上重要的亲戚来"谅"，不管远近，必须留下来吃餐饭。你再不要扯些这理由那理由，那全都不是理由，主人根本不听。一般这个时候，客人也作好了吃饭的准备，因为说多了，真的显得生分了。

一些必走的程序，关切的询问，细心的察看，殷切的叮咛之后，因为还有大把的时间，我们便会聊些其他的事。今年在哪儿打工呀，活多不多呀，家里还种了多少地呀，孩子读几年级呀，等等。虽然很多问题了然于心，但面对亲近的人，还是要一问再问。

其间，会倒倒茶，会递递烟，随意随心，不必太拘于礼节。

厨房早已热火朝天，烹煮煎炸，女人使尽十八般手艺，尽力烧出一桌丰盛的饭菜。

到饭点时，一盆盆菜鱼贯端出，摆满一桌子。我们这儿，桌子右边上面一个位置是大首，是尊敬，客人必须坐大首。其余的位置，大多是主人家，倒不必太讲究。

人家花了钱大老远来看你，这样吃饭，还须有酒。倘若客人不喝酒，那也需以饮料代酒，以示隆重。

饭这时不要添上，即使客人推辞着要吃饭，那也不行。主人心里会不舒服，会认为嫌他菜烧少了或者客人不直爽，有些做作。

不管是酒还是饮料，主客总要尽兴先吃喝一番。推杯换盏，待到酒快完或饮料差不多时，再将饭添上。

往往吃上小半碗饭或喝碗粥，客人红光满面，边抚着肚子边将筷子一放，对周围的人一笑，胀饱了，你们慢吃哈。

主人便匆忙站起，哎，莫客气，一定要吃饱，边递过来一支烟，又拿来茶壶倒一杯热茶奉上。

待到饭菜撤下，已是午后，倘若有瓜子或水果，端出来搁在凳上。主客斜靠在椅子上，边吃边有一搭没一搭地闲聊。聊着聊着，睡意袭来，某一方轻轻睡着了，另一方也住了嘴，将眼睛合上，竟慢慢响起了鼾声。

日头一点点西斜，在某一刻，客人像被人揪了一下耳朵，猛然站起，时候不早了，该回去啦。

主人自然又是一番实心实意的挽留，让客人留宿，说些不为事你不来等等的话。现在年代变了，交通工具多了，走亲戚再也没人用脚走。以前一两小时的路程，现在十几二十分钟就到了，距离拉近了，人心却远了。

再也没有人肯留宿，哪怕你有再大的房子，再多的房间。再也不会出现我们小时候那种两三个人挤在一个床上，或者将稻草铺地上打地铺，胼头抵足，一夜畅聊到天亮还余兴不尽的亲热劲了。

现在的我也一样，从不在别处留宿，哪怕再亲近，哪怕再忙，也宁愿第二天再来。

现在的客人要走，明知道留不住，也就口头上客套一下。边留其实也边将礼品拿了出来，或者饮料或者一点特产。

又是一番推辞，像吵架一样，礼品总归要放到客人手上。

如此这般，客人来了一拨又一拨，这个夏天，我很闲，但又总没闲着。

聊天，喝酒，吃饭，迎来送往，终日昏昏沉沉。

他们都是来"谅"我，带着关切。他们总是匆匆忙忙，来了吃一顿饭就走，有的连水都没喝一口。

我想留他们，但留不住。他们希望我早点好，我也想早点好。一好起来，我就可以大步闯天涯，不为事轻易不会回。

我走不了，他们看一眼我，便走了。我走得了，他们也早走了。

谁都无法预料，我们什么时候再也不走，什么时候再能见一面，哪怕匆匆。

我时时病着，在心头，并不时时有人"谅"。

第四辑　那些年的日子，这些年的时光

致我们终将淡漠的亲情

　　进入伏天，四处像着了火，一天比一天热。花生开始结果，秧苗早已发棵，田地里的农活不再那么繁忙。农人闲下来了，大多窝在家里或某处荫凉的地方，聊聊天眯眯瞌睡，将燥热的长天一点一点熬过去。

　　自我记事起，我们这儿有个传统，叫"歇伏"。歇伏，并不是自己歇，而是接老少姑娘回娘家住几天，省省亲。

　　老少姑娘，当然指出了嫁的，姑奶奶呀，姑妈呀，姐姐妹妹呀，等等三四代健在的姑娘。

　　叫她们回娘家，是要去接的，或者走或者骑自行车亲自上门，而不能叫人捎口信或打电话，那样对人不尊重。倘若工夫正好，你早上去接，在姑娘家吃餐早饭，中午便可一同前来。如若时间不凑巧，姑娘会说定某某日她一定来，你就可先回去，到那一日，只管准备好菜及消暑的东西就是。

　　年纪不大的，她们一样会走或者骑车来，又或者姑爷送。年纪上了的，有时就要侄子陪同，倘若腿脚不灵便，娘家侄子会绑好圆木椅，让老姑娘坐在上面，用杠子抬着，一路咿咿呀呀回娘家。

老姑娘回娘家特别不容易，尤其是身体不便的，经常是几年才回一次。但娘家人每年都虔诚地去接，不管能不能来，礼节要做到。

姑娘回娘家，想必大多是喜悦的，一走进村子，便将笑容堆在脸上。许多人看到了，便会围过来打招呼，"二丫头来娘家走走呀，哟，长好了呢。""二姐，好几年没看到你呢。""二姑，在这边多住几天哈。""姑奶，怎么不将孙子带来？"

一路走着，一路有曾经熟悉的人围过来，搭两句话，又散去，接着，又有另外的人来。

嫁出去的姑娘泼出去的水，她们就成了别家的人了。她们带走了一些感情，同时也抹去所有的恨意。但凡回娘家，人们都是笑脸相迎，哪怕曾在未出嫁时，与别人红过脸，骂过娘，甚至动过手，但人一走了，所有的不快便忘记了。

人们看到的，只是自家的姑娘，从自己这个村庄发脉出去的。

姑娘回娘家，也要备一些礼物，尤其是父母健在的，要么提一个竹篮，用毛巾盖着，里面装些面条或炸油条，或者提一些蔬菜。慢慢地，日子过好了，东西也办得简单，提一些饮料，买块肉，买包糖什么的。现在更简单了，直接封红包，这对于父母已过世，娘家有几兄弟的来说，更方便，有几家就包几个红包。

姑娘回来歇伏，一般都要住几天，尤其是兄弟多的娘家，每家都住一下，有的可以住半个月。

有的姐妹多，老姑娘少姑娘五六个，大家难得聚在一起，更有说不完的话。我们这儿，老一辈的姑娘和少一辈的姑娘，只要出嫁了，就不再来往，她们的相聚，一般都是娘家，因此，格外亲切。

我小时候是非常喜欢姑妈和姐姐来歇伏的，她们一来，即使家里再穷，父母也会变着法儿弄些好吃的，好喝的。有时表兄弟也会跟着一起来，我自然多了玩伴，可以疯得更欢。

她们来了，说是歇伏，其实总是帮父母做这做那，往往要父母生气了，她们才肯住手。之后，坐在老屋明瓦旁，她们一边摇着蒲扇，一边谈着今年的收成，或者各自子女的成长。不经意地，一阵阵笑声合在一起，穿过大木门和屋顶的黑瓦，随着蝉鸣，被微风吹向远处。

老姐妹，老兄妹，少姐妹，少姐弟，就那样随意坐在靠椅上，漫漫诉说岁月的沧桑和各自容颜的转变，将疼爱一缕一缕地塞进彼此的心里，细细地珍藏。

这样的日子过了许多年，慢慢地变得稀少，慢慢地成了回忆。

我一直在外面打工，从青年到中年，从毛头小伙到一家之主，逐渐领悟了一些人情世故。

每年进入伏天，我总嘱咐老婆去接姑妈和姐姐来住住。之后，我总要打听她们来没来，老婆气鼓鼓地，"哪儿来呢，姑妈忙，表嫂让她带孩子，哪儿也不能去，她的话就是圣旨。大姐嘛，你知道，姐夫身体不好，她成天两不见天在田地里，腾不出工夫来歇。二姐一年四季在东莞打工，怎么接？"

我握住手机，说不出什么。

现在的老人不自由，年轻的大多在外面打工。接姑妈，来不了，我们想她，她想我们，虽说父母不在，但亲情犹存，她的家事我们无从干涉。大姐是忙，一生的劳碌命，原来歇伏，往往上午来，下午就回去，不是怕地里荒了草，就是怕牛猪没人喂，让她歇伏，她反而更累。现在姐夫病了，更提都不用提歇伏。二姐趁年轻身体好，一直打工，门上长期一把锁，更别提接了，她自家也有姑娘，又有何人接呢。

不光是我家，现在农村大多如此，有的姑娘没人接，有的无法接。以往一进入伏天，每家或先或后都有客人，大家用亲情聚在一起，欢声笑语终日不绝，越走越亲密。现在，气温越来越高，走动越来越少，亲情越来越薄，一个电话，一句信息，转一个红包便代表了一切。

时光在不经意间飞快地溜走，等到两鬓斑白，再也走不动时，才喟然长叹，我的老姊妹，你还好吧，好多年不见你，想你呢，你能来走走吗？

此际，只怕更成了一句空话，咫尺早成天涯。

如今也有人提歇伏，那不是接姑娘，而是打工者在外面太热，回家休养一段时间，待凉快再出去。

此歇伏非彼歇伏，久矣。

但不是我怀念的。

永远的遗憾

从小到大，见了太多的死，正常的，非正常的，时不时像电影一样，在脑子中静静地回放。

有溺水的儿童，被人像摸蚌壳般从水底拎起，放在铺着的尼龙上，肚皮鼓胀，浑身滴滴答答淌着水。有为情所困仰药自尽的少女，口吐白沫，脸色乌青，面部扭曲。有郁闷难解"恨从心头起，死由肚边生"悬梁自尽的老人，口吐长舌，面目狰狞。

也有从房顶跌落摔死，有被车横贯碾压，血肉模糊，不忍卒睹。当然，更多的是寿终正寝的老人，面色安详，鲜活如初，人虽逝去，但带着一种喜庆。

见惯了生死，有时也就觉得人生不过如此，可长可短，取于一念。至于生命的宽度，咱出门扛锄，进屋摘帽，弓背下田，趿鞋上岸的老百姓，谁还操那份心思，拿出尺子去量。

农村里这样的事太多，有惋惜者摇摇头，有同情者洒几滴泪水，有豁达者表示迟早有那么一天，有睿智者说总算解脱了，不再受人间的苦。

人生一世，草木一秋。我无法预测自己将怎样步入秋天，也无法想象自己将怎样在世上消失，化作尘土。在最终的那一刻，是什么样的面貌，会有多少人看见，有多少人记住，这一点，谁都无法估量。不光是死去的人，就是活着的人，哪怕是最亲的人，也不能给出答案。

这世上有两个人的离去，我无论如何都应该在场，但最终，他们直至埋入地下，我都没看到。如今，那两座葬在一起的坟已被垒成一个大大的土包，如同一座坟。坟上长着密密的草，风一吹，便簌簌作响。有时还会有鸟雀钻入草丛中，咚咚地在土上啄着什么，待人走近了，它们嗖地一声，分开草丛，落在摇晃的树枝上。

它们极不本分，在树枝上来回走动，不时拿眼睛瞅我。我相信，它们不是怕我伤害它们，而是对我极其陌生。也许，它们从这儿有一棵树时就在这儿，也许，它们从这儿埋出两座坟时就在这儿，也许，它们在每年元宵鞭炮响起时，就一直在这儿。

而我呢，栽树时，不在这儿，掘坑时，不在这儿，垒坟堆时，不在这儿，元宵时，几年才在这儿一次。

不孝如我，站在坟前时时恍惚，我已分不清哪一边是父亲，哪一边是母亲，以至于在挂纸钱时，只能含含糊糊笼统地招呼着他们。不知父亲是否有意见，原来他可一直是一家之主，现在只能与母亲平起平坐，拿一样多的钱，接受一样多的磕拜。

每每站在这里，我便羞愧得无法言语。他们死时，我都在外面没名没堂独自飘零，在最后一刻，他们是怎样一种面貌呢。

父亲是刚跨入花甲之年便殁去的。那时，他给我们弟兄三个各建了一栋房子，了却一件大事。可他自己却积劳成疾，如同槁木一病不起。

我知道，在生命进入倒计时时，他定会日日盼着我。在闭上眼时，他一定心有不甘。因为他一向引以为傲的幼子没能考上大学，因他的病也放弃了复读，不得不背起行囊，让单薄的身影飘向四方。

他也许没有流泪，没有吱声，所有的苦痛早已麻木，也许还会露出一丝笑意，但他的心在最后一定像被火烤着一样，只恨我不在场，不然肯定会窥见。

不过，他也不会那么纠结，因为还有母亲陪着我们。可老天实在太残忍，并不体恤苦难的我们。父亲走后，母亲又中风，反反复复几次，拖了五年，母亲也撑不住了。

母亲闭眼时，我依然在外面，像无头的苍蝇乱窜着。母亲应该是不想走的，几年下来，我依旧是个浪子，没成家没立业，甚至连个女朋友都没有。她一定担心我不会照顾自己，一定担心我的流浪是否遥遥无期，一定担心我以后能不能干些轻松的活计。

听姐姐说，母亲一直念我的名字，并流下了泪水。母亲的眼睛是多么难闭上，那最后一窝泪水是谁替她揩干？她满头的白发是否挽在发髻里面，她一直冰凉的手最后有没有一丝温暖？

我不知道，我什么都不知道。我见了那么多人离去的模样，或可怖，或可怜，或一脸遗憾，或无挂无牵。可是，最爱我的两个人，却一声不响地离去，并不给我相见的时间。

他们有什么样话跟我说，有什么样的路给我指点，有什么样遗恨藏在心里面，我都没听见，没看见。甚至于，他们的脸色是苍白还是酡红，头是偏向哪一边，穿什么样的衣服，鞋子是哪一款，我一点都不知道。

他们的生命并不长，给我的回忆也有限。尤其是最后一面，全都不让我见，我的回忆无论如何都不会圆满。

看惯了生死，对于父母最后的狠心，我始终看不穿。

一切不过如此

现如今的我，也许是经历使然，见惯了悲苦，历尽了坎坷，曾错过深情，曾辜负执着，现在，站在风里不留恋风，跑在雨里不惧怕雨，除了做着真实的自己，一切早已淡如烟，渺如尘。

我以为这是命运，早已被我看透，癞蛤蟆莫想吃天鹅肉，牛粪上不奢望长鲜花，井底的蛙儿就在井底呆着，再怎么蹦跶，也是无谓的挣扎。

于是，我忽略了年纪，整天嘻嘻哈哈，说着不咸不淡的话。我大大咧咧，与谁都可以称兄道弟，誓走天涯。

可以眯着眼，深情款款，待到天亮，头发一捋，不留恋昨日的花，可以在沁骨的痛，亲人的泪中，迈开大步，不管那啥是啥。

人们说我随和，开朗，旷达，我心中一颤，忍不住回过头去，看那些曾经来时的路，咕哝着，这都哪是哪呢。

小时候的我，缺吃少穿，因营养不良而瘦骨嶙峋，倘若上下一般瘦，倒也像棵葱，苗条出一股气质来。但我不，额骨突出，似长了角，面颊凹陷，如被人踹了两脚，长得有模有样，辨识度特别高。村里的老人见了，摸摸头，怜惜的叫声"洼壳，没饭吃，多喝点凉水也好呀。"

一般年纪的人给我起了一个外号"哈人"，哈这个字，书面难表其意，不是哈里哈气，而是长得"哈人"，长得不是一般的丑，丑得瘆人，根本没法形容，看到我，一口饭吞在喉咙，全是毛刺，上也不是，下也不是。倘若你去过麻城堰头垸，听到别人叫我"哈人"，再看我一眼，你不掩嘴窃笑才怪。

那时的我，看人不敢抬头，说话只在鼻孔里，走路贴着墙角，长期股颤。稍微站低点，别人就压着我从胯下过。

放学一个人回家，门上一把锁不敢大声喊，放假一个人跑到举水，踩着水花捉鱼从上游跑到下游。

路过村中心，人们喊一句"哈人"，狗便朝我狂吠三声。

所幸，我个不怎么长，读书还算用心，成绩一直在同学们扳动的五个手指之内，一直是别人家的孩子。

这个"哈人"，丑得灵光，你多向他学学，争取也拿张奖状回来。

甚至小学未毕业，有人就大声说，这个"哈人"，是个大学生呀。每每这时，我脸红得似泼了猪血，脸"洼"得更厉害了。

我颜色短，不大敢与人正面交谈，经常一个人躲在角落看些残碎的图书，忘记了吃饭，或者将牛放丢了，我又成了别人眼中的书呆子。

不知怎么，我不大合群，眼前似乎总有一团乱麻，心事重重什么都看不清，有时又似上天赐了一双慧眼，我负手而立，将一切看过底透。

不幸的是，那年七月，我跌了个跟头，从高考的独木桥上掉下去，摔得生痛，留下严重的后遗症。此后年年，每到七月，那个伤口便无端被撕开，露出血淋淋的肉，让我痛不欲生。

我身材不再瘦小，脸庞也饱满了许多，不再丑得"哈人"。但我因高考失利，人却不自觉地矮小了许多，又时时似回到童年，在人胯下爬过。尽管很多人较我学历低，我却总认为他们睥睨着我，须我远望其项背，生出高山仰止之意。

我在心里鄙视自己，一次一次地作践自己。

郁郁寡欢之中，我一直在四处爬着，使着力气，干着自己不喜欢的事情。

我不抽烟，不打牌，与别人打不成一片，很多次夜里，我检视自己，这是我的错吗，是否真如他们所说，我活得有什么意思？

鱼不知鸟，鸟不知鱼，其实，我自己知道自己，草纸有草纸的心思，只是不喜欢举着它当大旗。

我更加沉默，依着自己的倔强，硬生生扯来书和音乐，使它们成了我的情人。在每一个闲暇的白天，我拥着它们，甜蜜着自己的甜蜜，在每一个寂寥的夜里，它们钻进我的被窝，嬉戏得我心醉神迷。

我们在自己的天地，毫无顾忌地寻欢作乐，将他人的鄙夷当作空气。

情人让我渐渐明白，所有受过的苦，只有自己咬牙背，所有挨过的痛，只有自己硬着头皮受，没有谁是自己的救世主，除了自己。

自己的路自己走，自己的心自己懂，自己的快乐就在自己的世界里。

所有的坎坷来了，躲是躲不过的，哭是哭不走的，推是推不去的，只有坦然面对，视其为生命中老天必给的锤炼，勇敢地踏过去。任风从耳旁掠过，任雨从头顶淋过，头都懒得回，向前以自己的节奏走，甩起拳头拍得胸脯邦邦响，笑着对自己说，身体不错。

没什么大不了的，小个人会长大，"哈人"会长俏，见着挫折我能够迎上前，尽管未来看不到底，我可以不顾左右的目光，憋着一口气，一直走下去。

什么胆怯，畏缩，彷徨，在意，去他娘的，滚一边去。

我嘻嘻哈哈，旁若无人，拥着我的情人，且去花天酒地。倘若再有人叫我"哈人"，哈哈，我绝不会生气，我的美早已刻进我的心里，倘若再有人叫我"书呆子"，我呆在自己的智慧里，你追都追不及。

倘若你再在我面前抬起胯，对不起，我踢你个狗啃泥，然后再将你扶起，拍拍尘土，请你上席，咱俩灌几盅，聊聊今日的天气。

我就这样，走在自己的风景里。你愿意来，就好好一起来，你若不来，那就请你闭嘴，我没有时间奉陪。

一切不过如此。

生命的春意

　　他是我手术后第二天来的，话不多，问一句答一句，且带着浓浓的方言口音，不用再问，他是安徽人。

　　尽管他不怎么爱说，不怎么会说，但我爱问。我有时特别讨厌自己，无缘无故得罪人，恨不得将嘴巴抽得稀巴烂，有时特别欣赏自己，在异乡的土地又结交一位朋友，忍不住灌些饮料犒劳嘴巴。

　　所幸，当我不讨厌自己时，他也不讨厌我。他是一个善良本分的人，我不光会说，还会看。

　　他理着平头，头发很硬却并不尖刻，在回答我问题时，有些甚至倾向我。他很黑，黑得带釉，当然，我不敢这样问他，嗨，你黑得真带劲呀，那样，我可能真要抽自己嘴巴。

　　浅发黑肤，最重要的一点是爱笑，笑得很连密，每一瓣笑容里面，我都看到善良在闪光，即使他偶尔羞涩地低下头，善良依旧向周围的空气扩散。

　　我看人从不走眼，我这半生，不管是白天还是夜里，不管是顺境还是逆境，我都佩服我的嘴和眼，它们带给我快乐和光明，带给我真诚和希望，当然也带给我苦涩和迷茫，我就不计较了。

在我勤劳的嘴和诚实的眼的关怀下，我与他愉快地沟通了小半天。

他本来在昆山上班，近段时间右手不能得力，手腕又痛又麻。他知道老毛病犯了。

原来，在他七八岁的时候，没人照看，父亲将他带到地里摘南瓜。他抱着一个大南瓜向父亲奔来，不慎脚下一绊，一下子将右肘摔脱了。

那时交通不便，家里也没钱，父亲抱着他去就近的矿区医院接骨，当时医生也说接好了。哪知，这二十年来，肘部逐渐变形，往外翻转，他们才知道骨头没接好。所幸，手不痛，可摇拖拉机，可提几十斤重物，对生活没什么影响，他们也就不在意它了。

关键是，再弄时，要做手术，要花很多钱。

虽然有这点缺陷，但因人勤劳诚实，不惹是生非，他遇到一个好姑娘，很快结婚了。

老天不会亏待好人的，我的嘴适时对他表示赞扬，我的眼也向他投射更炽热的光，期待他继续向下讲，尽管我听得有些吃力，但作为同是一个好人，我欣赏他的坚强。

很快有了孩子，而且两个，家里只有一些土地，他选择外出打工。

不出来不行呢，家里弄不到钱，两个娃要吃要喝，老婆过年有时新衣服都没一件。

前两年还好，他从不缺勤，还总是主动加班，每年都省着，寄回家里的钱还不少。家里添置了不少电器，娃也长得白白胖胖，老婆有时也往脸上抹些东西。

还真是，两个娃可不像我这么黑，这么丑，像他妈，耐看呢。

他的笑一阵一阵地，从没停过，有时像被火燃了，猛然爆一下，露出一排白牙。他便不好意思地搔搔后脑勺，或者抠着指甲盖，好像里面有多脏似的。

不知怎么搞的，这几天就不行了，里面酸肌肌地痛，还一点劲没有，像一截木头，成了摆设。

他长吁了一口气，但笑容还挂着，我也长吁了一口气，看了看自己的手，笑容却怎么也挤不出来。这次，我的右肘完全摔碎了，手术费用了十万多，钱用了就用了，关键是以后有后遗症，不知能恢复到什么程度。

他看着我的手，嘴唇动了动，却终究没说出什么，但他的眼却黯淡了些，睫毛一下长了许多。

他的肘骨已经长好，但长得扭曲，这次手术，要敲断已经长好的骨头，矫正，重新垫入新骨填好缝隙，固定后让它们长在一起。

医生问他新骨头是从医院买还是自己身上取，如果买，他就可以少挨一刀，少受许多痛。如果从身上取，就将腰眼挖开，在里面敲一块出来。

他问医生哪种方法好，医生说都差不多，若想少花钱就得挨痛，若不想挨痛就得多花七八千块钱。

他拿眼神瞟了我一下，很快就缩回去，生怕被我捉住不还他似的。

我用自己的骨头，他的口气完全不容置疑。

这一次，我的嘴再怎么利索，眼睛再怎么明亮，在他面前也无能为力。

挨一刀没事，反正手上也要动刀，动一处我也干不了活，动两处却叮省不少钱，我不怕痛，就怕家里没钱。

七八千块，可干不少事呢。

医生见他确定了，又给他详细地讲解手术方案，最后问他，这儿要用两块钢板，你是用国产的还是进口的。

这一次，他再没问进口的好在哪里，国产的有什么弊端，不假思索地说用国产的。

医生点点头，那好吧。

他小心翼翼地问两者的差价多少，医生说两块的差价大概在两三万。

他一听，吓得吐了一下舌头，摸了摸脑壳，身子松了下来，好像捡了个大便宜似的。

我说，你老是这样省，手可是大事呀。

他咧了咧嘴，将笑容从唇边往上撑，没事的，我注点意就是，反正明年要取出来。

之后，他靠在墙上，将眼睛眯着，似乎在算着究竟可以省下多少钱，黑黑的面上，漾起平滑的光泽，让人想摸一下。

他一会儿喝点水，一会儿到走廊走走，一会儿过来将我的床升高一些，一会儿问我吃不吃苹果，他帮我洗。

他忙乎了好一阵，最后还是拿起了手机。

二毛，你是二毛呀，你哥呢？

哥在这儿呢。

好，好，你们要听话，莫惹妈妈生气，帮忙她干些活。

知道，我们乖得很，你要保护好自己的胳膊。

嗯，爸爸过几天就回去，给你们带好吃的。

他完全讲起了家乡话，我尖着耳朵总算理解了意思。他的脸上笑得很松散，但那一团一团的温暖却很紧凑，正在电波里奔个不停。

我的眼看得清，我的嘴道得明，我窝在被子里，捕捉着生命中的春。

我是一只简书签约鸡

在简书写字一年半啦，十八个月，五百多天，至于多少个小时，多少分多少秒就不说啦，我也一下说不上来，要噼里啪啦摁好一阵计算器。

一路走来，在旁人看来似乎很轻松，是呢，看到我几乎每天更文，哪怕针尖一点小事，也絮絮叨叨扯上一两千言，文字读来也还算顺畅。简单嘛，你能写就多写呗，还不像每天母鸡抱窝，蹲上一阵，嗞溜一下，蛋出来了，翅膀一拍，咯哒咯哒叫唤几声，一件事就完了。

的确有点像母鸡抱窝，一到时间点，就想蹲在某个静静的角落，尽快下一枚温润光溜的蛋，让同伴看看，给人们一些营养，也证明自己的存在。倘若有货，无非花点时间，孤独一会，倒的确不难。倘若没货或储备不足，那可烦心呢。一来憋得慌，不是嫌窝糙就是怪别人干扰，二来挣得肠子肚子痛，弄得不好还出一滩血。即使下了，也或者个儿小，或者成软壳，遭人嫌弃。

难受不，难受，几天吃不好睡不好，鸡毛瘦掉了，没个形样，还更加焦虑卜一枚蛋从哪里生出来，一遍一遍趴着空窝，想像着奇迹的到来，甚至还捏捏脚肚子，看里面是否有蛋的存在。唉，急晕了头。

真不容易呢，我16年元月注册简书，就一直在上面写。看到别人发第一篇文就上热门，或者一个星期两个星期就上首页，简直就如割菜园的韭菜，割了有，有了割，愈发长得密密麻麻，可将我羡慕的。

那些人就如同天上的星星，一闪一闪照在我的夜空，我跳得再高，握得再紧，也只是一团空气。我的脚跌得再痛，也无法靠近，依旧只能仰望。

很快我便发觉，我的方式不对，完全错了方向，我不能跳，这样只能带给自己伤悲。我只能向前追，像风一样跑起来，虽然我跑，他们也在跑，但前面总有一个目标，也许他们先到，但我只要努力，假以时日，也必定能到。

这总比盲目地在原地蹦跳要好。

我静下了心，明确了目标，剩下的事就是做了。

两个月后，在去苏州的车上，我的文字第一次进入热门。点击量噌噌向上涨，一千，两千，三千，真如割过的韭菜，密密麻麻，长势喜人。

付出终会有回报，抱了这么久的窝，终于下了一枚好蛋。那一天，我翘着尾巴，伸着脖子，如吃了激素一般，不停地兜着圈子。

埋头继续觅食吧，争取继续下好蛋吧，即使不能长歌一曲，一鸣惊人，那就安心地做只好母鸡，争产好蛋吧。终会有一天，人家一看到某只蛋，两眼放光，嘿嘿笑着，哦，这是那只黄毛鸡下的，说不定心情一好，还会抓两把米，哭着闹着寻着我喂呢。

对，做只好鸡，有辨识度的鸡，带着标签，我有了一些野心，想要引颈，却高吭不出，腹部一热，赶紧趴窝去，要下蛋了。

得了，找准自己的定位，就做一只下蛋的鸡，呆在简书上，让它给我贴上标签吧。我又趴下了，不用说，虽是草窝，伏惯了，倒也舒服，瞧瞧四周，想想过去，不与人争，不与人吵，倒也时不时下一些热蛋，不浓不淡，无毒副作用，引起一些喝彩。

有人剥开壳，盯着一身莹白，品咂之后，尚不及抹嘴，又赶着去吃第二只，第三只，惬意地叫唤一声，好吃。

更有好事者，每天来窝边逛逛，甚至还想挪开窝，看下蛋没有，若有，便趁热吃下，若无，似快快不乐。

过了九个月，居然下了一枚大蛋，电子书上线了，虽然我飞不高，但也乐得从土墙上一跃而下，张着翅膀，有了飞翔的模样。可是，动作太大，落地踉跄，溅起一些尘土，几乎迷了我的眼眶。

这样不行，虽然我的头可以昂高一些，但还只是一只灰不拉叽的鸡，蛋在身下，倒还可以吸引一些目光，一旦无蛋，走在鸡群中，谁还认得我。

而身边一些鸡，或勤奋，或聪明，或能下异蛋，已逐渐脱去鸡的土气，变成鹤，变成凤凰，或跃上枝头，或翱翔于天际。

我不仅要跑，也想飞，也想成为一只让人记住的鸡。

还能怎样，继续觅食，继续趴窝，我不聪明但可勤奋，不能下彩蛋，无法造假蛋，那就继续下着有营养的蛋，一颗一颗，让更多的人看到，更多的人尝到，更多的人想到。

终于，在二〇一六年末，我摆出我的蛋，很多的蛋，在一个角落让简书的人审核。有人摸着蛋说，不错，这蛋有温度，有内容，对人有些益处，收下了。

这只黄毛鸡可以，有产量，有些质量，啪地一声，我被贴上一个红色的标签，简书签约鸡。有人丢给我一把米，抚着我的颈说，奔跑吧，朝前方奔跑，记得一路下蛋哈。

于是，我奔跑起来，尽管还不能飞，但比平时快了许多，当然，一路下着一些蛋，依旧温润，匀称，口感尚可。

如今，已经在简书待了一年半了，你们以为我快乐，其实鸡有鸡的苦恼焦虑，只不过不轻易与人说。无数个夜里，我瞪着眼，想着明天的蛋，无数个白天，我趴得颈酸脚软，撑得身子抽筋，只为产一只对得起人的蛋。

我瘦过，累过，流泪过，但只要有一枚好蛋产出，所有的不快烟消云散。

写了这么久，我想在这个月有个突破，争取粉丝过万，让更多的人品尝到优质蛋。只要你肯来，我就有信心。记住我，一只笨拙但勤奋的简书签约鸡，希望在窝前看到你，唤一声：

别山，加油，我来看你这只鸡了。

甘蔗

女儿打电话说家里的甘蔗出了窖，等着我回去吃，可甜呢，她在那边咂巴着嘴，好像故意馋我。我问是粉白色甘蔗还是紫皮甘蔗，那边沉默了半晌。女儿应该是在挠头思考吧。

不晓得，反正就是甜甘蔗嘛，我只认识这一种哦。

我不禁哑然失笑，是啊，现在只看到紫皮甘蔗，也叫广东甘蔗，谁还记得我们粉白色的本地甘蔗呢。

世易时移，物竞天择，适者流存，本地甘蔗早已被淘汰了。

也是，本地甘蔗没广东甘蔗长，结节较稀，它的甜度是从树梢到根部逐渐递增的，树梢经常有几十公分完全不甜，必须斫掉，不像广东甘蔗从梢甜到底，整体甜度也没有广东甘蔗高，含糖量较少。

它虽然不为下一辈人熟识，但它陪我走过那么多年的风风雨雨，恍若老朋友一般，一直在我的记忆里。

甘蔗其实很好种植，只需留几棵，斫下结节处，埋在土里。季节到了，它们就会发芽，生长，移植后，经常锄锄草，施施肥，一个结节处

113

会长很多棵，逐渐长高长密，形成一片。

那时没这么多商店，一个村只有一个供销社，零食就是花花绿绿的硬糖果，一分钱可以买几颗。可那时，我们裤兜里经常没有一分钱，也没有城市的马路过，再怎么仔细瞅，也捡不到一枚。

我们一穷二白，想要弄点吃的，便只能在山间摸索些野草野果，或者在庄稼地里偷。

我们村很大，人口众多，种下去的东西经常还没成熟，便让我们惦记在心窝。

那时，村里只有李老四种甘蔗，两三亩地。他是光棍，有时间照看，就在地头搭一个茅草棚，开两个瞭望孔，吃喝拉撒很少挪脚。

李老四一人吃饱全家不饿，嗜烟嗜酒，瘾大无比。我们便经常投其所好，趁机浑水摸鱼，弄掉几棵那让人馋涎欲滴的玩意。

有时驼子会偷几根他二叔卷的纸烟，待我们已埋伏好，暗号发过去，驼子便凑到李老四的棚子边，找他借火。俗话说，借火一根烟，很自然地，李老四讨得了一根烟。两人很快便躲到背风的地方，面对面吞云吐雾起来。

李老四抽起来很快，一口接一口，恨不得生吞下去，驼子只有一边散烟一边找话题拖延时间。

我们早已如狸猫一般，从地的那头悄没声息地潜进去。不怕地里湿了鞋，不怕甘蔗叶割了耳朵，只在里面一心一意找那些又粗又高的甘蔗。

甘蔗林郁郁葱葱，密密麻麻，人在里面，就像躲在青纱帐里，根本看不清。

挑选到目标后，拿出早已备好的湿毛巾，捂在要扳断的结节处，一只脚压着根部，双手往后一折，甘蔗应声而断，一声脆响闷在毛巾里，谁也听不到。

待到三五根烟抽完，驼子一边嚷着，这借个火真是亏大了，烟没啦，走啰。他站起身，左穿右插，很快便与我们会合在某一处山洼。

之后，你拿一棵，我拿一棵，便抱着甘蔗啃起来，直到吃得嘴里打泡，两手粘乎乎的，方才罢休。而驼子呢，总要多吃几节，借以补偿他那些烟的损失。

现如今，我们偶尔在一起，驼子的手指间一直夹着一根烟，嘴巴一说话，便呼出一股浓浓的烟味。在浓浓的烟雾中，他一边捶打着我们，一边抱怨，是我们让他的烟瘾这么大，戒了几次都戒不掉。

说归说，笑归笑，童年的那种友情一直在心头缠绕。

有时，我们也会有某个伙伴，拿着酒瓶，经过李老四的棚子时，故意装作去看他吃饭没有，踱进去，拿着酒瓶在他面前晃。李老四便会涎着脸讨要一杯，伙伴便会很为难，说父亲发现了会挨打的。李老四大手一挥，没事，去我地里扳棵甘蔗，绝对值你一杯酒。

伙伴便会以一副救人于水火般的怜悯，无奈地说，好吧，那你慢慢喝，我吃点亏，挑一棵吧。

这边，伙伴光明正大地去挑，那边，我们偷偷摸摸地选。

李老四端着杯子，顺着杯口细细抿，他喝得很慢，生怕一时贪婪，一口吸干。末了，他眯着眼说，这酒太没劲了，不过瘾。伙伴压抑住心底的笑，又给他续了半杯，他很快便又埋下头去。

李老四喝了多少我们掺凉水的酒，他记不清，我们也记不清。我们偷了他多少甘蔗，他根本就不知道，而我们也更记不清楚。

那时的甘蔗也就一两毛钱一棵，每到过年时，便会有人卖，有很多人买来作礼物。那个时候，大人们很喜欢玩一种游戏，叫作劈甘蔗。

这种游戏很刺激，因为那时确实没什么好玩的。

这种游戏可两人玩，也可多人玩，就是在买主处拿来一棵甘蔗，将根部削得尖尖的，树梢尽量留得多。几个人以石头剪刀布确定谁先动刀。开始时，那人一手扶住甘蔗，另一手将菜刀口点上甘蔗梢，扶住的手迅速松开。用刀口点上几点，确定甘蔗不会倒时，刀子在空口迅即翻身，以刀脊压住甘蔗梢，再又点上几点，确定甘蔗站稳了，又迅速将刀子在空中翻转，将刀口对准甘蔗梢，劈将下去。

如此轮流反复，一棵甘蔗劈完后，谁劈得短，谁就付甘蔗钱。

我之所以记得这么清楚，是因为只要有人劈，就有我们围在旁边，不是想学什么技术，只是想捡起那些劈下的甘蔗，用袖子揩干净，塞到嘴里吃起来，吮吸着那一丝丝甜。

后来，父亲看我老是眼馋，也种了一块地，从甘蔗长出三五节起，我便每天做起巡视员，守着我的一亩三分地。

碰上关系好的，或者谁贴心贴意哄着我，我以后便慷慨地分他两节或者一棵。

甘蔗长得很快，没多久就一人多高了，葱茏茏翠绿一片，凉风一起，枝叶沙沙作响，吸引着孩童的目光。

它们粉白，微紫，挺直，节节攀升，它们与现在的广东甘蔗比起来，的确没那么高，那么甜，那么秀美。

它在我的心目中，是广东甘蔗无法代替的，它伴着我一路成长，从懵懂无知到晓事明理，从愚顽拙劣到聪慧精灵，它将精髓点点滴滴都奉献给我们。

那吞入肚里的甜，那咯起的一嘴泡，那划破唇的一缕血，那吐出的一口渣，将我的童年丰富得多彩多姿，将我们少年纯洁的友谊夯得扎扎实实。

只是，岁月蹉跎，光阴流逝，它一直保持着本真，却无奈已不取悦于现世。它们无法跟随时代的潮流，满足今人的口齿。

终于，它在故乡，已悄然消失。它去了哪里，谁又将它记起，即使偶尔提起，现在的少年，又有几人能识？

人们在吃着广东甘蔗，又有几人能如我一般分辨出甜与甜的不同意义？

　　女儿，等着爸爸回故乡，吃着广东甘蔗，与你聊一聊过去的故事，希望你能够用心听。

　　它不遥远，也不神秘，只有一种淡淡的甜，终生回味在我心里。

灰机

我曾经玩过很多东西，地上的泥巴，田野的蚂蚱，蹦跳的青蛙，水里的蝌蚪，还有天上飞着的麻雀，嗞嗞叫着的鸣蝉。

经常会仰躺在河滩上，看沁蓝沁蓝的天，随风摇摆的树，还有那遥挂天边不曾坠落的残月。

忽然之间，某个眼尖的伙伴像捡到可以买棒棒糖的钱一样，兴奋得大叫起来：看，飞机。我们便齐刷刷将目光聚成一条线，向他手指的方向瞧去，果然，高远洁净的天上，一只银白色甲壳虫般大小的玩意缓缓爬行，并伴着隐隐的轰鸣声。

听大人说，这就是飞机，长着翅膀的铁疙瘩，比鸟飞得高，比鸟飞得远，像驮着一幢大房子，里面住着很多人。

神奇的是，人在上面像在家里一样，可吃饭，可喝茶，可打瞌睡，还可以上厕所，甚至可以伸出手，摸摸飘过的像纱布一般的云。

大人将双手伸展到最大限度说，飞机好大好大，如果从头走到尾，就像从村东头走到村西头呢。

可在我们眼里，它也就麻雀，斑鸠那么大，与我们平时玩的玩具没什么区别呀。于是，每当天空传来轰鸣声时，晚上的梦里，飞机便像一只蚂蚱，在我们的手上蹦来跳去。

有时，飞机会在天空拖出长长的尾巴，像绵条一样逐渐膨胀，越来越蓬松，并慢慢弯成了弧度。倘使我们不注意，那绵条像突然被什么东西咬了一口，破出一个缺口，慢慢分离。

我们便眨着眼四处找那贪吃的小鬼，可天空除了星星点点的白云，什么都不见了。

有时，飞机会飞得很急，像被人在后面用鞭子抽一样，气哄哄地朝前奔，发出震耳欲聋的吼声。大人们说，那是战斗机，估计要去与白脸金发的美国佬或者长着豌豆胡须直着腿走路的日本鬼子打仗了。

我们便怀着敬意，直直地立着，像送亲人上前线一般，惜别依依。

有的飞机像个顽童一般，会在天上转好几个弯，好像故意逗我们。我们便追随着它的身影，一齐唱起来：飞机来了我不怕，我跟飞机打一架。不管飞机听不听得到，我们只管扯着嗓子朝着天空嚷。

唉，要是弄架飞机玩玩多好，年少的我们不知道天高地厚，将那份遗憾深深地留在心底。

如今，少年已不是少年，早已不再躺在河滩上，泥巴，蚂蚱，青蛙，麻雀已离他越来越远，不知是否还停留在故乡，等着他一年一度的归来。

他早已淌过了河，越过了山，挤着那火车，像万万千千的农家子弟，背井离乡，挣扎在一眼望不到底的城市中。

这儿没有青草，没有蛙鸣，没有蜻蜓飞舞，没有同伴熟悉的笑声。

这儿有飞机，巨大的黑漆漆的飞机，压着头顶缓慢地飞过，就像在他的枕头底下轰鸣。

这儿是一条飞机航道，离机场只有十公里，每天的飞机比老家的蝙蝠还多，一架一架，像在天空游行。

天偶尔是蓝的，但蓝得浑浊，如同长了毛边。云是白的，但白得微黄，像浸了一些地沟油一般。大多数时候，天是灰蒙蒙的，一直愁眉苦脸，像对天底下所有的人都不满。

一架架硕大无比的飞机不停地从迷蒙的远处飞来，慢腾腾地，好像被什么迷了眼，直着身子摸索着向前，越来越低，消失在迷蒙的另一边。

它们的翅膀生硬地叉着，尾翼微微上翘，穿云裂帛，伴着尖厉的哨音。大白天，它们的灯也经常亮着，像打着几把手电，机头和机尾还有灯一闪一闪，提醒着别人，我在这呢，别看花了眼。

这就是飞机，可与故乡的相差太远。它们庞大而笨拙，生硬而冰冷，嘈杂而焦躁，就连它们生存的环境，也杂乱无序，浑浊空泛。

这样的飞机，这样的灰机，有什么好玩?

更可气的是，每次飞机一来，通讯信号，网络信号像被什么一把掐断，手机一片空白。女儿便会追着问，为什么她打的电话他不接或者接通了他又三心二意，声音时续时断。他每次都要费不少的口舌来解释，说那是飞机惹的祸。

飞机，女儿在那边一听就乐了，你要是爱我，就坐飞机回来，那样特别快，你现在走，下午就会出现在我面前。

他拿着手机哑然失笑，女儿耶，你知道坐一次飞机多少钱吗，那可以够你一年在学校的生活费，那可以给你们兄妹俩过年添两套崭新的衣服，那可以让你上一两年的舞蹈班。

那需要爸爸上工好几天。

更可惜的是，这儿没有直达麻城的航班，必须飞到武汉，再换班车或火车往家转。这样一来，也要几个钟头，还不如坐动车一下子回到家里面。

爸爸的爱不想在飞机上，火车上，从地上到天上，从天上到地面，挨挨等等，兜兜转转，浪费更多的时间，变得平平淡淡。

飞机依旧轰轰烈烈，一架一架，蜂拥着而来，它离我很近，我看它很清。它无法将我带到从前，我也不再奢望将其放在掌心把玩。

　　它也无法在机头，机舱或机尾，捎去我的问候，在女儿的笑声消散之前。

　　因为外面的天空太暗，它急着要找一个地方停落，等待从前的伙伴。

坚持，遇见不一样的自己

　　有人看到我的文字，总会问我怎么会写得那么走心，质朴的质朴到心窝里，华美的华美得让人无法喘气。

　　当然这仅限于那些喜欢我这种文风的人，他们一路追随，不离不弃，我真的很感激。

　　我的文字归根结底就是接地气，至于其他什么的溢美，我受之有愧。我本就是一直在地上行走的人，随时随地，能够看见白云，看见黑土，看见蓝天，看见雾霾，看见花树，看见奔忙的蚂蚁。

　　我也能够看见富人的脾气，穷人的眼泪，喧闹的街市，宁静的乡村。世间万象，只要我留心，一切皆可落在我眼里。

　　其实啊，我的文字没什么技巧，我也琢磨不出什么技巧，只不过手熟而已，大道理我讲不来，也就只能从细微处着笔。

　　因为人同此心，心同此理，并不是所有的感动都需要轰轰烈烈的事迹。一个理解的眼神，一句贴心的问候，一个温柔的抚摸，一种无言却无处不在的牵挂，往往能让人心中巨浪翻滚，久久难以平静。

毕竟人心都是肉长的，没有石头的生硬，没有锈铁的冷漠，血脉连着血脉，温情叠着温情。

一滴水可以反映太阳的光辉，一片叶可以映衬春天的美丽，一支笨拙的笔，写出真心，一样可以化腐朽为神奇。

我没有天赋，也没有很高的学历，但我总相信，勤能补拙，熟能生巧，多练多写，总有一天，你会对自己笔下的文字感到讶异。

有人问我，怎么总有那么多的题材和灵感，似乎信手拈来就能成就一篇好文字。我只能告诉你，千万不要着急，一定要多坚持多积累。别想指望一蹴而就，写了几千字，就想着妙笔生花，洋洋洒洒，一泻千里。

其实哪有什么灵感，无非就是比你多留些心，观事瞧物更仔细，想得更彻底。

譬如一朵花，它会从含苞到盛开，它会被雨淋被日晒，它上面会有小虫爬过，会有蜜蜂停留，会有小孩将鼻子凑近轻轻地呼吸。

它会随着微风摇动，会随着雷声颤栗。你可曾想过，在夜里它是否睡去，掉落的露水可否是它的眼泪？花瓣散落时，它是否会痛，结出果实时，它是否欣喜？

譬如一只鸟，它张开的翅膀，飞翔的痕迹，落在树枝上，是否有归家的安逸？

它从哪里来，它是否有兄弟姐妹，它是少年青年还是老年，你的耳朵可曾听到它的叹息，它是否会做梦，想起遥远的过去？

譬如一个人，他的穿着是华丽还是随意，他走路的姿势是后仰还是前倾，他吵吵闹闹还是自言自语，他黯然神伤还是洋洋得意？

他倘若与你相遇，多看你一眼，你们是否会有什么开始？他是过客还是游子，他的眼神是漫不经心还事仓惶着急？他为什么出现在这里，他是不是在找寻他丢失的记忆？

这些物和人，景和情，只要我们细心留意，多多领会，每天总有无尽的题材，让你写不完，道不尽。

如果你是现在开始写，你不要贪多。一个场景，一个细节，一个感心动念的瞬间，你只需细细揣摩，花点心思，哪怕只有几十字，几百字，只要你写下来，就会有收获。

万事开头难，你想写，千万不要畏难，不要总是怕写不好。你真正要怕的是，你懒，你总是找各种理由搪塞，你有一万种想法，你就是不肯写下一个字。

只要你下了笔，这就迈出了一大步，先不要管什么生涩毛糙，拿不出手，你只需坚持，坚持，再坚持。

因为一个字之后，便会有一个句子，几个句子之后，便有一个段落，几个段落之后，便凑成一篇文字。

几回拼凑之后，总有一天水到渠成，你的文字不光感动了自己，也会感动别人，被别人叨念不已。

坚持一段时间之后，你慢慢就会找出自己的长处，再加以发挥，就会形成自己的风格，然后，一如既往地坚持。

你不仅要坚持写，也要坚持看，用心地看。看是揣摩，吸收，借鉴，悟别人的妙处，学别人的写法，将别人的优点一步步转移到自己身上来，将自己的长处发挥到极致。

不过，诸位在进行码字游戏之前，我要明确告诉你们，码字既辛苦又孤独，你必须耐得住寂寞，受得了讥讽，守得了清贫，要有一颗强大的愈挫愈勇的心。

倘若爱，请狠狠爱，毫无顾忌地爱，倘若不爱，请及早离开，旁若无人地离开。不要让自己深陷苦海，再诅咒文字的凉薄，世人的不理解。

你们看到我现在的文字，感觉我写起来很轻松。可你们不知道，我曾在多少个劳累的间隙，多少个别人鼾声如雷的夜里，捧着手机看那些精典的文字。再说远些，在那些用笔和本的年代里，我曾无数次整段整段地抄，整篇整篇地背，曾经被那些文字弄得神魂颠倒，如痴如醉。

如今，你们又有谁知道，我一直坚持更新，将自己逼在手机前，生生地写下一个字，然后，熬着熬着，就有了一篇文字。

你们知道那种抓耳挠腮抠指甲的焦虑吗，你们有那种尚未受孕，却非要在今天生下一个娃儿的痛苦吗？

我不打牌，不擅长闲聊，曾有多少人说我是呆子，百无一用。对于这些，我毫不在意，只按自己的道路行走。不管再苦再累，只要闲下来，我的眼就会四处看，心里就会漫无边际地想，总在不停地捕捉那个稍纵即逝叫个灵感的玩意。

因为灵感不是天生的，它只会扑向有心的人的怀里。

实在不行，我又将自己沉在那些精妙的文字里，期盼着某一个词语，某一个场景，与自己的心灵触碰，溅起一些火花，闪耀成自己的文字。

就这样，靠着一份坚持，获得一些认同，让自己在别人的眼里与众不同。

感谢我的坚持给我带来幸运，遇到了你。也希望你能用坚持成就更美的自己，带着我，一起前行。

因为我知道，只要坚持，你肯定能行。

你的故乡永远在远方

真是难受，总是放假时，我们就有事。这不，又一个楼盘凑到清明交房，我们分包单位必须配合。总说房价贵，总说要限购，可放眼望去，到处都是打桩机，到处都是航吊，一座座高楼密密麻麻，争先恐后向天冲去，挤得我们一步步后退。

每年的五一，国庆，元旦总有房交，总有验房的人多如蚂蚁。顾客就是上帝，我们就一遍遍当上帝的仆人，鞍前马后，尽心尽力。

什么涂料没刷好，踢脚线有缝，开关没装平，地板变形，门窗关不严，等等。一拨一拨的人，听到召唤，提起工具就去，当场能修就修，不能修就定一个日期。

我们空调只要装好了，基本上没什么维修的，但即使一点事没有，也必须有几个人待命，应付台面上的事情，以防万一。上帝一发怒，有人就要哭。

前一段时间，老天不知怎么那么伤悲，下雨下得忘了形，不知道止歇，弄得一切都要发霉。今天难得一个艳阳天，风柔得像小姑娘的脸，分外妩媚，阳光如浓淡正宜的酒，晒在身上，让人微醺。

没什么事，我就沉醉在这微醺中，任清风一缕一缕吹拂，任阳光一阵一阵浸润，我眯上眼，细细品味这酥骨蚀魂的安逸。其实，生活就是这么简单，不思量，不相忘，不红着脖子扯，不黑着眼圈忙，一绺风，一片暖阳，亮堂堂地躺一场，比吃肉喝汤都强。

就在我如神仙长醉不愿醒时，颈窝处有什么东西落下了，在窸窸窣窣地爬，轻一脚重一脚。有点扫兴，不识时务的东西，我眼也不睁，随手一扒拉，什么虫子被我扔下了，手却一阵钻心地痛。

我猛然撑开眼，指肚处有一截虫子的尾部断在那里，还有一根黑刺扎入皮肉。我小心地扯出那比针还细的刺，那儿出现了一个紫色的点，指肚又麻又痛，开始发亮了，有些肿。

我用指甲挤压患处，渗出一缕暗黑的血，我一直挤，直到渗不出水，疼痛才减轻。不用说，被蜜蜂蜇了。现在油菜花，桃花，李花都在盛开，天气又暖和，这种小家伙到处嗡嗡地飞舞，为春天助兴。

只是这一次，它的小眼睛不知怎么瞧的，真是看走眼了，居然将我看成一朵花，我倒是希望我再像花般盛开一次。它不光眼睛差，鼻子也不行，哪有这么老，丝毫不鲜艳，还带着难闻的人味的花呢。

看来，那个冬天它是懵里懵懂地过了。

也许它是想亲近人类呢，也许是想感受人类的温暖呢。只是，它打搅了别人的幸福，耽搁了别人的休息，却不知人类一发怒，闭着眼也可将它捻死。

应该是它估量错了，以为这儿还是它的家园，就在去年，这儿也许是。那时，这儿都是庄稼地，金黄的油菜一片片，粉红的桃花点缀其间，一群群的蜜蜂围着农人转，彼此相安。

随着各种机械进入，各色工人来临，这儿挖的挖，建的建，早已没有鲜花满眼，只剩灰尘漫天。农人走了，耕地毁了，蜜蜂不知在哪一天一只都不见。

这只蜜蜂也许在钢铁丛林中迷了路，也许还隐隐保存着去年的一点记忆，鬼迷了心窍，又往这儿钻。莫非它以为我那黄黑的脖颈是往昔熟悉的土地，不顾一切地停落。莫非它看到那被大理石围裹的水管旁，有一株不曾铲掉的油菜花，让它迂回辗转。

只可惜，它的这一次失误让它丢了性命，我却不以为然。手指依然有一丝隐痛，地上那只蜜蜂早已不再动弹，它的身影已经融入大地，与土地一色。或在某时某刻，某人的脚随意一踩，没有人会知道，一个生命在这里升天，留不下一丝怨叹。

除了我有这一些感慨，但那也会在那丝疼痛消散之后的刹那间，一切风轻云淡。

春日晴好，风依旧缠绵，日头依旧缱绻，在上帝没曾召唤我之前，我想继续作一刻神仙。

刚合上眼，耳边又传来嗡嗡声，我恼恨地睁开眼，又一只蜜蜂围着我转。它叫得很急，转得很快，没头没脑，似乎隐藏着很大的悲哀。它应该闻到了一丝熟悉的味道，来寻找它的伙伴的。只是不知道它是开先那只蜜蜂的谁，父母，兄弟，姊妹，儿女，伴侣？

我没法告诉它，也不敢告诉它，只怕它一悲愤，便向我冲来，将我惹怒了，什么都会干。作为人，我的道貌岸然是有一定的期限。我折下一条树枝，轻轻地驱赶它，它不再向我靠近，但又不知往哪儿去，只是一个劲地乱窜。

我只好将枝条往远处一指，去吧，这儿已没有你的立足之地，你的故乡在越来越远的远方，你且一边流浪一边寻找。呆在这儿，只会让你肝肠寸断，痛苦难言，甚至连命都玩完。

它又飞回来，绕着我转了一圈，甚至还在枝条上停了一下。它的小眼晶亮，有一丝潮湿在阳光中闪烁，分外刺眼。

它拼尽全力，后腿一蹬，振翅而起，向着远方，笔直而去，搅起一阵风，阳光抖得簌簌响。

我的手指还在痛，一丝丝地，连着心脏。

我的故乡也在远方，我没有翅膀，没有力量，不能像蜜蜂一样，穿过四面围堵的墙，也没有人给我指点，看见归家的方向。

请将我埋在文字的长城下面

一直在写一些文字，以自己的方式，写自己的风格，逐渐有了一些辨识度。

简书上大家都钦佩日更的人，为他们的勤劳和坚持点赞，包括我，不管怎么说，这种精神确实难得。那种煎熬和挣扎，那种执着和期望，只有做过的人，才能体会。

其实，我也在日更，甚至已经超过了半年，但在简书上，我并不每天发，我也不是故意藏着掖着。因为我觉得写出来的文字，必须要修改几次的，哪怕当时是文思泉涌一气呵成，自己对自己一百二十个满意。

我对文字一直小心谨慎，包括标点符号。当时的文字出来，犹如初做父母，当然是欣喜的，难免会冲昏理智。孩子头发少，孩子体重轻，孩子一只眼大一只眼小，这都不是问题，甚至是特色，容不得别人染指。总之，孩子就是金贵的宝，一身的好。

但后来我发觉不是这样的，你将那些文字放一段时间再看，它并不那么完美，偶尔还有一些错别字，甚至更大的瑕疵。你就会想，当时的自己真幼稚，语句不通，思路不明，主题不清，现在连自己都不屑，居然也拿出来蒙人，确实对不起读者，也辜负自己的初心。

慢慢地，我不那么急躁，也为了不浪费别人的时间，亵渎别人的智商，让别人失望，我采取"车轮战术"，这是我自己的叫法。我一如既往地写，有灵感有时间就紧紧抓住多写一点，有时一天两三篇，没灵感就多观察，多倾听，多读书将灵感逼出来，当天没写出一篇也不要紧，总有一天会补回来。

从去年国庆节开始到今天，半年多，平均算下来每天都出了一篇文字。我不知道还能坚持多久，但我不强求，既能写出文字，自己还很快乐，这样最好不过，我知足。

我一直按自己的节奏和步骤，不急不躁，隔日一更。今天写的文字看两遍稍作修改先私密，明天发以前的，大后天又发稍晚一点的，这样按时间先后顺序，依次类推。也就是说，我每次发的文字都不是当天心急火燎写的，除非一些节气时令应景文。细心的人也许会发觉，我的文字大多与当下的季节相左，因为它是先前的文字。

这样有一个好处，每次要发时，我又会重新看一遍，无论心境，思维都较写时客观公正。往往会发现一些当时不能发觉的谬误，甚至会有一些更好的想法，更动人的语句滋生出来，趁机添进去，让文字走向完美。有时也会想，当时的我怎么了，这样的文字也写得兴趣盎然，幸亏没发出去，否则，岂不是自己抽自己的脸。

反反复复看几遍，这样才有一点心安，算尽了自己的心，毕竟能力有限。再有不妥，那就是技艺不精，欢迎大家拍砖，我好用心改善。

就这样，我一路走下来，写了很多字，虽然没有爆文，但我不遗憾。因为我知道，我对待文字从来不敢敷衍，不哗众取宠，不耍奸卖滑，不鸡鸣狗盗，不招摇撞骗。我以我的真心，叙述我的真情。我相信，温暖而厚实的文字，总会打动你，不在今天就在明天。

有简友说，你的文字真戳心啊，好温暖。是的，不管你写什么样的文体，唯有真情才能引人共鸣，唯有真心才能呼唤真心，唯有真爱才能永远留存。

人心都是肉长的，都有热血奔腾，都有向善的本性。真情不以贵贱，贫富而走样，真情无论远古还是如今，总会让人铭记。无论你表面怎么冷漠坚硬，你总有一个柔软的地方，等待别人用柔软来包容，然后，你也能够包容别人。

而我，就希望一直柔软着，用温暖包容他人，我没有多的面包，房舍，金钱，但我有文字。所幸，我的文字一直听从我的内心，闪烁着温情，尽管它很微渺，很稚嫩，但有人愿意倾听，有人动了真心，与我和应。

我简书上去年有几篇文字，比如《越过那片山丘》《父亲》《奶奶》《那场雨》《老牛》等等，其实都是 2000 年写的，距今已经十七年了。当时写时也费了一些心神，大都是自己的亲身经历，带着感情。那时投给了东莞一个很有影响力的夜听节目，居然都播出了，主持人叶晨对我大加赞赏，说我的文字温暖，有生命。

去年邂逅了简书，我将它们整理了一下，发布了出来，很幸运地都上了热门。须知，去年你的文字要想上热门，只有一条路径，就是首页投稿。那时没有专题推荐，没有《今日看点》，感觉上首页比现在要难。

而十七年前的文字，在简书这个平台依然被人认可，被 90 后 80 后认可，并不是文字有多么华美，并不是多么励志让人埋头干，并不是教人一年挣五十万，只因为它们道的是人间真情，自然而然让人喜欢。

很多人留言，走心，感动，质朴，温暖。

虽然只过了十七年，虽然只是一眨眼，但这依然显示出了它有一丝生命的坚韧，这是多么让人幸福的事。

那还有什么不知足的呢，那还有什么抱怨的呢，哪还有什么焦虑的呢，继续以自己的方式虔诚地仰望文字，对文字保持一颗赤诚的童心，继续用心血，用生命浇铸文字的长城，让温暖的太阳在垛口上冉冉升起，照耀着我，照耀着你，以及更多的后来人。

倘若再过十七年，二十七年，四十七年，我的文字还有人看，请将我埋在文字的长城下面。这样，有人经过我的坟头时，也能够获得一些温暖，可以踮起脚更有力量向上登攀。

第五辑　那些年的故乡，这些年的异地

游泳

讲真的，作为农村娃，如果说自己小时候没游过泳，那如同说自己没掏过鸟窝，没偷过桃子李子一样让人难以置信。

那时候盛东西要么用竹篮，要么用布袋和网兜，根本没什么红的绿的塑料袋。草木灰，人畜粪便全部聚在一起沤成肥料，当作宝，定时会散到农田畈地里。那个时候，天蓝水清，空气质朴自然，到处干干净净。

那时的池塘清得像明镜，只需往旁边一站，大姑娘拢拢头发，小伙拂拂灰尘，塘里便现出一对清丽俊朗的身影，比现在的手机自拍强多了。

而我们对于水，像饥饿的人渴望面包，像暗夜的人向往光明，它是我们童年时代最好的玩具，最惬意的游乐场。

村口水暖娃先知，每当夏天一到，日头升起来时，便有伙伴来邀约，走，去洗冷水澡去，三伢，四毛也去的。

那时大人都忙，无暇顾及我们，只要我们不是打得头破血流，闯下弥天大祸，一般不会管我们的。我们就像散养的鸡，自由的狗，叽叽喳喳，蹦来跳去缠在一起。

只要有人在塘边出现，马上就会聚拢一堆人，有人褪下裤头时，其他人便手忙脚乱，蹬鞋子解纽扣，唯恐自己输给别人。一个身子光溜溜地扑通一声跃入水里，很快便像放鞭炮似的，一排人扑通扑通蹦进水里，晶莹的浪花似珍珠腾地一声溅起，闪着银光又啪啪落下，之后，一个个黑黑的小脑壳像葫芦在水面飘浮。

会水的在深水处，表演着各种特技，有的将身子抱得紧紧，依靠脚力不停地蹬，在水里如走平地。有的在水里晃晃悠悠，忽然就全身聚力，猛然向上一冲，将自己的肚脐眼露出水面。还有的在水里倒立，两只脚丫子在外面像轮船的桨，不停地前后摆动。

不会水的在浅水处，有的练习潜水，将头闷在水里，一动不动像一截树枝，有的练习游水，双手不停地刨，双腿使劲地蹬，就像后面有人拿着刀子在追，扬起的水花迷了旁人的眼。

我们那时在水里经常玩各种游戏。有时将家里的竹床拿出来，一个人躺在竹床上，跷着二郎腿，两个小伙伴在后面一边游一边推，还大声叫着，闪开闪开，太君到了，不闪开死啦死啦的。有时将家里的脚盆拿出来，你争我抢，都想坐里面，一不小心就将脚盆弄翻了，直接覆盖在某一个伙伴的头上。

在水里，我们玩得最多的就是捉迷藏，将所有人分成两派，先是这派抓那派躲，一局一局来。此时便是各显神通，体现个人技术的时候。仰泳、蛙泳、潜水，声东击西，诱敌深入，以静制动，各种特技，各种战术悉数派上用场。

有时看到敌人来了，作势朝东方，一个猛子扎下去，在水里迅速转身向西，一口气潜出二三十米，待冒出水面，正洋洋得意时，不料，正撞入敌方另一个伙伴的怀抱。有时一个猛子下去，紧紧贴着水底，憋气几十秒后，一下原地窜出水面，看到敌方在几米外茫然四顾，不禁哈哈大笑。有时在两三个人的围攻下，凭着自己的机敏灵巧，最终脚底抹油，一溜了之，便会特别自豪。

正如上山可擒虎，入海可捉鳖一样，在水里能抓鱼，摸蚌壳也是一项技术强硬的体现。

我们有时一二十个小孩一直在水里闹腾，时间过久，水便搅浑了，鱼儿不时跃出水面，甚至撞着我们的身体。很多鱼儿躲到我们踩出淤泥的脚印里，或者石岸里，我们便潜下水，在水中摸索，有时还会睁开眼睛，看一看雾蒙蒙的四周。

鲫鱼，鲤鱼，鲶鱼，一个一个被我们捉到，扔到岸上不停地挣扎，很快便成为我们的美餐。

我们一起下水，如同喝过断头酒般，也都是一起上岸。倘若谁想偷偷先上岸，被发现了，众人便纷纷挖出泥巴，一齐朝他身上撒去，有的还上岸去将他的衣服拿到手里，他躲无可躲，光光的身子上很快趴满了泥巴，眨巴着两眼成了泥人。

总是要玩到母亲饭熟了端着碗在塘边叫唤，再不理，母亲便找来一根竹竿像赶鸭子一样不停地搲，或者捡起石块砸向我们，我们并不害怕，等石块在水中漂悠漂悠落在我们身上，根本就没有感觉。

有时也会先回到家里，母亲问是不是又洗冷水澡了，我自然回答是没有，母亲便卷起我的裤腿，用手指在我的小腿上一划拉，一条又粗又白的划痕像粉笔写过，我便低下了头，再不争辩，只有被水长久地泡过才会这样。

农村的小孩好像对游泳都有天赋，根本不需要人教，只管在水里泡上几日，一个个便成了蛟龙。

我也是一样，在水里扑腾了两天，就能在深水处漂浮了，之后，各种姿势，各种特技，莫不随心所欲，心到哪里，身便到哪里。

那时的我们，在夏天时，经常只穿一条裤头，浑身晒得黝黑，只有两瓣屁股白花花地晃眼。身子光溜溜地，像一条泥鳅，只要觅到了水，四方塘，举水河，我们便滋溜一下滑进水里，快活得无与伦比。

我们简单，赤诚，坦然面对。

如今，我们穿着厚厚的衣服，包裹着自己臃肿的身体，浑身惨白，里面遍布着成熟（奸诈），稳重（冷漠），在异乡招摇过市。

我们热闹，大方，孤独。我们过分地珍惜自己，不让别人窥得一丝一缕。

异乡没有水塘，小河，只有湖泊，大江，沿岸围着密密的栏杆，插着招牌，此处水深，禁止游泳。

而故乡的水塘已快干涸见底，举水坑坑洼洼，到处漂浮着垃圾，散发着臭气，浑浊朦胧，就是扒开水面，也无法成对影。

我已近三十年没游过泳了，异乡水深不见底，充满神秘，故乡水浅无处着力，早已载不动我企鹅般的身体。

如今的孩子一个个成了旱鸭子，如我一样，站在水边，早已分不清南北东西。

故乡我一遍一遍地回去，只能窝在逼仄的冲凉房，让滚热的水烫着自己麻木的灵魂。我的手如飞鸟振翅，我的腿如青蛙后蹬，四周雾蒙蒙一片，影现不出我洗冷水澡的姿势。

泥泞过后，就是风景

计划是早就定好了，日子也选好了，上海的天气虽说没了日头，但没有什么雾，是非常适合徒步爬山的。

我们的热情鼓胀起来，老天总归长了眼睛，可以让我们一展身手，登高一呼。不过，我们还是高兴得有点早，行车四个多小时，到达目的地浙江宁海登山步道时，天空不紧不慢地下起了小雨。但这也没什么，一点小雨总比烈日逊色些吧，湿不了我们热情的心。

我们早就作好了准备，雨衣，雨伞，水，一应俱全，不翻过此山头，决不罢休。

路上湿得很快，颜色深起来。山上没有什么大树，多是一些常绿灌木丛，静立在江南的微雨中，如婀娜的女子，秀气苗条。一些枝丫上已生出一簇簇青绿的花苞，影影绰绰，青春的气象谁也阻挡不了。苍黑的岩石上，花花白白的苔藓，有了热闹的雅兴，衁得东一块西一块，如不听话的孩子，姿态各异。

细雨湿人衣，我们将雨衣披起来，帽子戴起来，加快了登山的步伐。

一条盘山公路折成之字蜿蜒而上，另有一条石径小路，像一把把扶梯，搭在"之"字中间，将"之"字斩断，虽然很陡，但近了许多路径。我们沿着小径向上攀登，每走上二十米左右，便穿越宽阔的马路。那儿如同一个个露天驿站，我们会停一会儿，为后面的同伴加油鼓劲，自己也喝口水，休息一下。

小径上大多是石条或水泥台阶，也有些土地裸露着，泥土呈浅黄色，有一定的粘度，雨水洒在上面，泛着亮光。这加大了我们攀登的难度，容易打滑，每走一步，我们便相互提醒。碰上太陡的地方，少不了来一些前拉后推，前面一个力气大，耐力强的作领头羊，让弱者居中，两个能者断后。

这不是马拉松，也不是竞技场，我们是锻炼自己，挑战自己，也是训练团队协作精神，希望前进的路上，一个都不能少。

因为不是周末，除了我们，路上没有其他的人。四周很静谧，连那些麻雀也不肯跃上枝头，怕雨水淋湿了眼睛，它们与山体几乎同色，只在我们走近时，才窸窸窣窣，像老鼠一样窜去。如牛毛一般的雨粒在空中飘落，在半山氤氲起一阵阵轻烟般的雾气。它们一团团，粘粘连连，越扯越长，像纱巾，像薄云，飘飘渺渺，围着山转，不知山上是否住着神仙。

路是越来越陡了，人是越来越累了，气是越喘越粗了，雨却越下越大了。越向上，云层越厚，雾气越重，感觉触手可摸，我们仿佛踏入仙境。天越来越暗了，黑夜似乎提前来临。盘山的马路，只看得着一些白铁栏杆，像谁在山上信笔涂鸦，留一些扭来扭去的浅淡笔迹。

山尖如含羞的少女突然隐在布幔后面，定是在修眉抹唇，精梳细扮，准备迎接远道而来的客人吧。只是她躲得太急，让我们几乎一头撞在布幔上。我们如一些莽撞的汉子，嗅到了春的气息，兴奋起来，加快步伐，只想早一步挑起布帘，掀开她的盖头，一亲芳泽。

141

快了，快了，有人叫起来，脸上不知是雨水还是汗水，一道一道向下淌。山上氧气少了许多，有人像浮在水面的鱼，大张着口，有人用手挥来挥去，妄图抓住一缕雾气，有人一声不吭，掉转头看着来时的路，寻找留下的足印。

真的快了，行胜于言，不管怎样，只有向上攀登，只有一直走，才能达到顶点。

没有人掉队，没有人半途而废，尽管大家都像一只熊裹在雨衣里，尽管闷热无比，但没有人过多地抱怨这鬼天气。

其实，老天是厚爱我们的，临时给了我们一道加分题，我们没有回避，全都解答完毕。我们也发现了一个更优秀的自己，一个更和谐的集体。

在漆黑即将到来时，我们终于登上了山顶。本来在这儿可以俯瞰宁海县城，远眺东海，看烟波浩渺，一吐胸臆，可现在四周雾茫茫，什么都看不到。但我们分明在混沌中看到一个清晰的自己，一个勇敢的自己，一个在困难面前不轻言放弃的自己，我们心中开阔起一片无边的光亮，触不到底。

我们站在山顶，如天一般高，虽然底下没有人喝彩，但我们终将困难踩在脚下。我们为自己喝彩，虽然留下的热汗已被雨水冲走，但升起的劲头却长留心头，我们更有信心向前迈步，走出一个让自己惊叹的明天。

一切都被我们留在身后，连以前那神秘莫测的云雾也围着我们转。所有的苦，累，寂寞，与登顶后的这种快乐比起来，如同云层一样轻。

今天没人走的路，我们走了，尽管下着雨。以后没人走的路，我们也敢走，哪怕再大的风雨。

走过后，再多的泥泞也成为风景。

改变一下，世界大不同

总算等到了公交车，我背着包三两步跨上。还好，有座位，呼了一口气，前后左右一扫，无孕妇，无老人，我一屁股踏实地坐了下去。

车子启动了，人们习惯性地低下头去，瞅着各自的手机。我的手也向兜里摸去，刚触着那已被捂热的屏幕，忽然一个念头升起来了，我可不可以一个钟头离开手机呢。

一念既出，我的手缩回来了。一个钟头，正是我乘车到目的地的时间，也就是说，坐在车上，我要试着不按手机。我为自己的这个想法感到兴奋。

从什么时候开始，只要我一坐上车，就迫不及待地拿出手机，就像里面有黄金屋和颜如玉一般，致命地诱惑着我。其实，摆弄来摆弄去，就是反反复复地看朋友圈，微信段子，与人哈哈地聊着无用的天。

看了一遍，按灭屏幕，还没过一分钟，又解锁，打开屏幕，到处翻翻，几分钟过去，又如此继续，时间就这样像流水一般静静过去。脖子酸了，手指麻木了，眼睛涩了，什么都想看到，什么都没看到，脑袋依然空空。

我有多久没像过去抬起头向四处看看，发现生活中的那些凡人，琐事，真情。我像被手机缚住了手脚，禁锢了灵魂，时时刻刻被它左右，无法独立起有个性的自尊。

因此，今天这个念头一出，我是真心地高兴，并暗暗下决心，一定郑重实行，让自己这一段行程五彩缤纷。

我直起了身子，将眼睛瞄向外面。车子行得并不快，路旁全是香樟，一抱多粗，像沉默的老人，缓缓向后退去。一指多深的裂缝，错落着向上延伸，逐渐变窄变浅，到翠绿的枝丫处，已完全不见。顶上是一簇一簇的叶子，一边明一边暗，不停地转换，撑起一方碧绿的天。

有人骑着电动车，像与我们比赛一样，一会儿超前，一会儿落后，丢下一串串急骤的嘟嘟声。也有老人推着婴儿车，将头凑到摇篮里，与小小的人儿脸贴脸，那笑容很快就落在我们后面。

不知何时，一辆公交车与我们并排而行，那边的人也倚着玻璃，似乎我一伸手就够得着。没有人看我，因为他们都低着头，似乎被什么无形地强压着。他们的姿势都差不多，如同关在笼子里，不得自由，而面前都有一块亮亮的屏幕。

我的手伸向裤兜了，那硬硬的东西像一块磁铁，让我不自觉地靠近它。刚一摸着它，我像被电触了一下，刚刚的决定，应该还搁在这门窗紧闭的车里，我怎么能这么快就将它背叛。

我缩回了手，再一次将腰伸直，将目光收回车里。我好像看到那承诺犹自飘在车里，撞来撞去，甚至碰在我的头上，越过我的肩头，拧了一下我的手指。我平静下来了，无论如何，我要一如既往地相信自己。

车里，有人的脚像踏在弹簧上，不停地有节奏地弹跳。有人一会儿抻抻衣领，一会儿拉拉裤脚，也许是起床太过匆忙，到现在再补上。有人将手机屏幕当作镜子，将五指当作梳子，一遍又一遍像耙地一般将着头发，有一两片头皮屑回旋着落下。

144

有人塞着耳塞，手指在手机上像溜冰一样，飞快地舞动，也有人对着手机呵呵笑着，好像看到了他的情人。

倚在我椅子旁边的一个时髦少年，忽然对着手机高声喊叫，一会儿普通话，一会儿家乡话，一只手时而扬起，时而落下，划着一道道看不见的弧形。

有没有人给我来信息呢，朋友圈的动态该又有很多条了吧，现在几点了呢。这些欲念像美酒一般吸引着我，让我胃口大开，恨不得喉咙里伸出一只手来，迅速地去抓住手机。

但我终究克制住了。窗外阳光明媚，时而透过玻璃，射在我脸上，时而透过树叶，跌落在道旁，星星点点，追着奔跑。形形色色的人，有说有笑，有走有闹。各种各样的车，像一条条河流，向各个方向延伸。

甚至，在坚硬的水泥隔离带里，有一朵一朵紫的黄的花，像喇叭，像小圆盘，擎着春天，带着温暖，走进路人的心田。

车里，系着带子的手柄像秋千一样荡着，倘若停上一只小鸟，那该多美妙。有的人仰着合上了眼，嘴巴却大张着，像一个呵欠打着打着忽然冻住了，急急地等着春风的到来。

也有一两对情侣紧紧依偎着，明明有椅子却不坐，好像一坐下去便隔着十万八千里，所有的恩爱传递过来太费力。

这么好的风景，这么妙的风情，如果我一头钻进手机里，岂不又要错过，而往往错过了，我却并不觉得。这种无形的浪费，在我们短暂的人生中，经历了太多太多。

原来并不是世间缺少爱，缺少真，缺少美，缺少风景，而是我们缺少发现的眼睛。我们都长着一对眼，却经常妥协于我们的习惯，贪图着眼前，纠缠于决定的痛苦，懒散着不想改变，并一次一次违背初衷，看不到坚持过后的美好。

试着坚持一下，试着改变一下，哪怕只有一个小时，哪怕只是窝在一处很小的天地，世界在我们眼里，便会大不同。

当所有的痛不再痛时

实在是无趣，无聊加无奈，甚至是无解。

在老家天天大碗喝酒，大口吃肉，伸长脖子拼了命地往嘴里塞美食，涨得红光满面，肚儿溜圆，也不觉得累，不觉得烦，冷热酸甜，爱咋灌咋灌，我的牙齿比金坚。

在那儿，天天像神仙。

可是一出来，我的牙就出毛病了。起初只在夜里，又酸又痒又痛。仰着睡，两眼望着天花板，俯着卧，鼻子紧贴保温棉，那牙却完全不配合我的姿势，领会我的苦衷，依然让我辗转难眠。

实在不行，用巴掌狠命掴几下腮帮子，啪啪过后，我的疼痛减轻了，却有伙伴梦呓着，抽重一点，抽重一点。

我想简单地将这理解为水土不合，可有的人笑得拍大腿，说我的头脑简单得驴粪蛋都可击穿。也还真是，三两天过去了，照道理水土该合上了，我的牙却痛得更厉害了。细细抚摸之下，我瘦削的腮帮子似乎比平时肥一些，这一点，不需外人说，也知道它是肿了。

因为肿这种状态曾伴过我在故乡的童年及少年，与我无数次地亲密接触。马蜂，蝎子，石疯子，总喜欢光顾我细嫩的脸颊，手背，小腿，等等一切裸露的地方，并调皮地留下它们特殊的印记，刻下饱满的假象。

更可恨的是，两边的牙都痛，两边的腮帮子都肿，像比赛一般，两边时刻想争个输赢，却不知赢的永远是它们，输的永远是我。

我输得唉声叹气，捂着脸不想见人。

甚至那大牙都开始松动了，而且好像每只牙都在动，仿佛风一吹，便飒飒作响，它们躲在唇里，舌旁，阴森地冷笑。

这可要了我的命。吃饭不能嚼，不要说嚼，就是稍微碰下那两颗牙，都痛得钻心。它们真残忍，让我吃不好，睡不好，如此糟践我，我却不得不像珍宝一样呵护着它们。含在嘴里，还须轻轻地含，它们罢工，大模大样地罢工，我只能将苦楚吞进肚里，半点声作不得。

可苦楚终究是充不得饥的，天天饿肚皮可不是我本意，再说我也不想太瘦，男人必须要有男人的魁梧样，才可以镇得住女人，否则，随风而摆的柳，如何才能直得起腰。

我只能鄙视自己为何这般的没出息，一见故乡的美食便欲念大动，如同美人爱着胭脂，片刻不得远离。这种欲念之毒已沁入骨髓，稍一别故乡，便全身如蚁噬，在心，在神，甚至遍布到牙齿。

有时候真想如影视中莽人一博，找一把老虎钳，将嘴张得大大的，用钳使劲夹住病牙，紧闭双眼，狠命一拉，钳出牙脱，哪怕满口喷血，也胜过这绳锯木断般的痛。

牙既出，哪怕曾是口中物，也定踩在足下，细细碾压，或者直接丢入粪坑，眼不见心渐静，将所有的痛和记忆匿于污秽之下，从此不再想起。

钳子我有许多，大号，中号，小号皆齐，有的像老虎的头，有的像鳄鱼的嘴，可终究无从下狠心。手抖之余，心里清楚，这是我的嘴，我的牙，倘毁之，不仅愧对父母，也无法给自己交代。

拔一颗少一颗，我已不是婴儿，补补钙还指望它再生。也不能白发苍苍尚捧握一奶瓶，咕噜噜地啜饮，苟延残喘地饮尽一瓶又一瓶。

我还算清醒，毕竟有痛就有领悟，痛有多深，我便爱自己几分。

痛定思痛，唯有求医问药，我为自己正确的抉择鼓着腮帮子嗯嗯嗯地点了三个赞。毕竟遇见痛苦，黄某尚不糊涂，这也是一种天长日久的历练使然。

当我和着温水一口吞下消炎药时，似乎听到那颗粒扑通一声沉入胃里，逐渐发散开来，慢慢沁入牙龈，我的牙似乎即刻不那么痛了。

窗外的阳光真明媚。

我的思绪却又飘向远处。三天还是五天，我离开了故乡，已经没有大碗喝故乡的酒，大口吃故乡的肉，我的肚子却又不争气地在响了。

好了伤疤忘了痛，牙不痛时便即刻又想起了故乡的美味，那美味牵扯着我的神经，悠悠地快乐得我满面春风。

这一刻，我像神仙一样。

不知何时再归故里，不知何时不再飘零，不知何时大快朵颐，口水从唇齿间不知不觉流了下来，似乎还有一丝隐隐的灼痛。

也许，当所有的痛不再痛时，我便回到了故乡。

实在是无趣，无聊加无奈，但愿不是无解。

元宵寄思

上海的松江下雨了，淅淅沥沥，我打工的上海的松江下雨了，淅淅沥沥。

今天是正月十五，元宵节，若没有出来，此刻的我应该走在老家的山上，与妻子，与孩子，一家人走在埋葬先人的山上。

若没有出来，我不会涎皮赖话地念叨着上海的松江下雨了，我只会看着崎岖的山道，走在埋葬先人的山上，老婆，孩子，我们一家人。

我的家在大别山南的老区，古风淳朴，楚文化深厚，一向重视敬祀先人。

每年腊月二十四过小年时，我们将房间里里外外早早打扫干净。晚饭时候，烧几个素菜，父亲摆上酒饭，烧些纸钱，迎接先人回家过年。农历大年，早饭时，摆些酒饭，烧些纸钱，在香烟缭绕中，我们依次磕头，让先人吃饱喝足腰缠万贯过大年，保佑在世的家人平平安安。

而今日，元宵，即所谓的年过月尽，早上在家里，依旧斟一杯酒，供两个素菜，再烧些纸钱，一番嘱托叮咛后，送先祖归位，各自回归正常生活。我走我的阳关道，你过你的奈何桥，没钱了，别吓阳世的亲人，勒勒裤带忍耐一下，清明还会大把大把烧的，保证不让他们过苦日子。但也不能光用钱不管事，六畜兴旺，家人平安，子孙富贵还是要嘱咐先祖多多荫护。

而今天一项很重要的内容就是上坟挂纸，送钱给先人，在先人的坟头磕头许愿，祈福来年，并清除杂草，整理坟茔，缅怀先人。

早饭过后，一个家族一个家族在各自有威望的长老家聚集，全都穿着新衣服。老人小孩一起上山，提着纸钱，抱着炮仗，还有的拿着镰刀，一群群，一列列，漫山遍野，花红柳绿，大人低吟，小孩脆语，整个山上沸腾了。

先各自在自家先人坟上放些纸钱，用土块压着，免得被风吹走，再摆上两柱清香，袅袅香烟中，烧几叠纸钱，待到纸钱快燃尽时，就放起炮仗来，隆隆声中，大人小孩依次磕头，念念有词，恭敬而虔诚。

年长的会逐一讲解，这是你高爷爷，当年如何如何，做了哪些事，取得什么成就，一一道来。这底下埋的是你太奶奶，生了多少个孩子，养活多少，如何贤良淑德，自是一番赞颂。在长者深情的述说唏嘘感叹中，小孩则一脸懵懂，带着新奇与神往，只管磕头，似乎磕得越多，福报越大。

有时年长者还会走到一座孤坟前，一脸严肃地告诫大家，听算命先生讲，我们家族的事都是这位祖奶奶管着呢，多亏了她保佑。必然地，那座坟头纸钱也烧得多，人人都争先恐后地磕头，叮嘱老奶奶多多担待后人，家家如意。待纸钱快烧尽时，就放炮仗了，一时间，大大小小的炮仗一齐点起，隆隆声此起彼伏，烟雾弥漫，纸屑纷飞，遮天盖日。

碰上有后生今年要中考或高考，就会嘱咐他多挂些纸，多磕些头，多许些愿，但愿先人庇护，保佑今年高中。

先人的坟有的分散在几个山洼，就必须每个山洼都转到，不可漏掉，否则心里总会不安。到处都是人来人往，沸反盈天，但每个人都是诚心的，热切的，渴望今生来世一切安好。

上海的松江在下雨，淅淅沥沥，湖北麻城本来预报有雨，但没下，非常适合上山，非常适合祭祀。

刚才儿子打来电话，问我吃早饭没有，他们快要上山了，他要在爷爷奶奶坟前替我挂纸，代我磕头，为我祈祷，愿我一生平安，在外顺心顺意，我们全家幸福和美。

电话那头传来一阵阵炮仗声，清晰而强烈地震击着我的心，我接电话的手莫名地抖起来。

上海的松江在下雨，淅淅沥沥，一直没有停歇，我的麻城没有下雨，清清爽爽，非常适合上山，带着老婆，儿女，一家人。

我的身在下雨的上海，我的心在无雨的山上。

儿子，你帮我祈祷吧，用你赤诚敬畏的心，在爷爷奶奶坟前，多烧些纸钱，多磕两个响头，替我问候他们，减轻我的负疚。

我的父亲，一生勤勤恳恳，为整个家倾尽全力，重病缠身，供我高中毕业后，终于油干亮熄，无力回天，饮恨而去。而临终，我不在身边，出殡，我没回家。

我的母亲，慈祥勤俭，为我们全家默默付出，从不抱怨，勤扒苦做，积劳成疾。最后唯一的愿望就是我打工领一个媳妇回来，成一个家，而愿望最终还是落空，临终，我不在身边，出殡，我没回家。

每年元宵，本该给他们上上坟，挂挂纸，烧点纸钱，慎终追远，寄托一份哀思，给儿女讲讲他们的故事，也让他们看看孙子孙女，健健康康，九泉之下必会含笑。

可是，今年元宵，我不在家，去年元宵，我不在家，前年……

在农村，养儿就是防老，就指望着老了能享一点儿女的清福，而我的双亲，我既没为之养老，也没为之送终。在我的一生中，只有他们为我的付出，而从没有我为他们的一点回报。

若谈不孝，我便其一。

上坟挂纸，祭拜先祖，我从不认为它是迷信活动，它是一种传承，一种寄托，一个族群的延续，一种缅怀。没有怀念就看不到未来，没有继承就没有发展，没有树根何来树冠。

我不知道究竟有没有来世，如果有，若我这等不孝之人，究竟能不能投胎成人，若侥幸能，不知还能不能成为你们的儿子，若能成，只望来世，你们能平安健康长寿，让我能为你们养老送终，将我此生的亏欠，一并奉上。

如果在佛前求五百年，上述愿望能实现，那自今日始，我就跪下了。

我成为世界上对你最薄情的人

我成了一个薄情的男人，跟不上你匆匆的脚步，也无法迎接你多情的目光。我离你越来越远，离开了你的心，你的身，你世界的每一寸。

你秀美的发，你温柔的唇，你饱满的情，在这个冬季，在我的心里凝成一块厚厚的冰。它冷漠招摇，坚硬残忍，刺痛我无法安放的灵魂。

你轻盈而去，我怆然转身，你的身影成为葱绿靓丽的风景，我的身影成为一座长满荒草的坟。

我大张着嘴，模拟出喊你名字的口型，没有任何的声音，冷风只是一个劲地吹。你高声叫着别人的名字，张扬大气，携着三月温暖的春。

我站在冷风里，无人过问。

从那一刻起，我咬紧牙根，立誓在你走过的每一步里，成为全天下对你最薄情的人。

我恼恨三年前的那个午后，雪下得那么认真。我痛恨二十多岁的我不该还保有孩子的天真，对着雪花狂喊乱叫，吟最古老的诗作最现代的对。

我痛恨我将雪人堆在你路过的小径，我痛恨小径再无别人，我痛恨我没有阻挡你的靠近，我痛恨在那样的寒冷中不该暗萌春心。

若时光能够倒流，我只想那一日天气响晴，我关起院门，一头栽在书海里，让日头从院墙上溜过，让月亮静静地扯出黄昏。

你来就来了，却为何要那么快地转身。你的温存尚未烫热我的心，为何又要分一半给别人。你撕碎我单调的光阴，却又为何撩拨别人夜的宁静。你走过了很多的路，为何非要历尽太多的人。

在爱情的阵营里，你用你的妩媚，不战而屈人之兵。我甘愿作你的俘虏，带着镣铐与你随行，可你将我困在监狱，不闻也不问。

你用你取之不尽的柔情，将傻傻的我逼到了绝境。

即使到了绝境，我还对你抱着侥幸。在有雨的黄昏，我撑着伞，守在你永不回头的路径，再大的雨也没将自己淋醒。在漆黑的夜，我点燃心灯，照亮最远的路程，看不见你曾经炽热的温存。

我在这边傻傻地等，叫天天不应，叫地地不灵。你在那边切切地吟，从一个怀里蜷进另一个怀里，片刻不停。

你换了一个个的人，你弃了一颗颗的心。

你并没有换人，你也没有丢心，你一直是你，逗弄着惹火的青春。只是我的眼太瞎，对一切都没看清，只是我的心太纯，对感情难舍难分。

这只是偶尔的邂逅，你只是即兴的施舍，我却奋不顾身。将一滴水看成大海，将一片叶看成森林，将一步路当成整个人生，我深陷其中，豪爽地痛饮，固执地较真，直至绝望地沉沦。

你不曾冷笑，你不曾呆愣，你对一切毫不知情，你早已习惯你的生命出现无数个男人。而我，只是你路边的野草，踩过了，谁会在乎它的死生。

我作茧自缚，我自贱自轻。我流再多的泪，也浇不出真爱的花，我用再真的情，也留不住滥情的人。我哑着嗓子喊，我跳起脚去追，除了那呼呼的风，谁管我是谁，谁怜我真心。

从这一刻起，我要仔细搜寻，这三年来，你与我说的每一句话，牵的每一次手，淌过的每一条河，走过的每一步路，做过的每一次梦，看过的每一个星星，统统地，全部地刷新，不留一丝一毫的踪影。

我为你守候的每一个时辰，为你盼望的每一次天明，为你点亮的每一次灯，为你留下的每一次怨恨，在我的记忆里全部摒除，一点不剩。

我为你每次由衷的笑，挚热的泪，你所有看到看不到的深情，将在我的生命里一次性肃清。

我要成为世界上对你最薄情的人，我要将所有与你有关的回忆，凝结成一块永远拒绝融化的冰。

兄弟，我们碰一杯

　　作为男人这种雄性动物，不管是年轻还是年老，不管是熟悉还是陌生，不管是面对面还是远隔千山万水，聊着聊着，总会说，要不，咱哥俩碰一杯。

　　真的，不管年龄相差多少，碰到酒，都成了兄弟，不管距离相隔多远，碰到酒，仿佛各是彼此的前世今生。

　　其实，我现在已不大喝酒了，总感觉精力不济，伤不起。如果碰到谈得来的人，天南海北神侃一番后，偶尔也会一时兴起，推杯换盏，不惧烂醉如泥。倘若碰到不大对路的人，我一般只作礼节性的寒暄，实在要喝，也是舔一舔，应付过去，因为总无法撩起那种激情。

　　我喝酒论人，这是我的缺点也是我的优点。别人也许会认为我故作傲慢，假装深沉，与不亲近的人关系更淡散，更无法维持交情。但它也让我摆脱很多无谓的应酬，避免许多刻意的奉承，与亲密的人更亲，与真诚的人走得更近。

　　曾经喝过很多酒，与我那一帮割头换颈的兄弟。

这是一帮真正的兄弟，从穿开裆裤就在一起。一起结伴放牛，一起上山打柴，一起偷黄瓜花生，一起撵露天电影，看着女孩齐声欢叫，瞅着老师同时噤声。骂过娘，打过架，一起过着操蛋的人生，背着包，捆着被，共同天涯四飘零。

我们的学历都不高，有的小学没读完，有的初中混过一两年，偶尔三两个在高中镀过金。这不要怪我们不认真，那时农村的师资力量的确不咋样，大多是民办教师，既是老师又是农民，课要上，一大堆农事也要忙。

我们也要抵半个劳力，挣些口粮。再者，在教育这条路上，湖北的起点一直很高，不同的试题，我们的一直很难，别处相对较易，相同的分数，我们欲哭无泪，城里欣喜万分。

我们书读不下去了，便早早地出去打工，没有学历没有技术，兄弟们大多在工地上苦熬。夏季，大地似火烧，弟兄们光着膀子晒成黑炭，滴下的汗水可以泡澡。冬季，四周冷得像冰窖，头发吹成野草，雪花可以将人埋掉。

我们一直辛辛苦苦，东奔西跑，一年到头，大多手长袖子短，口袋翻光了也见不着什么钞票。

但大家很开心，哪怕烈日炎炎或者寒风呼啸，或者忙得像球或者头睡瘪了，到了吃饭，弟兄们便凑在一起，共着打一些咬不烂的死皮肉，煮得像浆糊的大白菜，或者一些咸得不能进嘴的腌菜或者一些辣得无法下咽的红椒，盘腿而坐，大吃大嚼。

每人面前竖着一瓶酒，或啤或白，或冰或暖，好不逍遥。

不在乎身上满是铁锈，不挑剔头上乱糟糟，不管扣子是否扣好，不论裤脚是否放掉。你端起酒瓶，我端起酒瓶，当啷一声，仰头就灌，面红耳赤也罢，热汗长流也罢，喝多喝少从不计较。

那时的我们，玩的是情，喝的是心，人虽然穷，过的却真。

那种酒，有时浅斟慢饮，有时如旋风过境，吞下了疲累和苦闷，沉淀下友谊和深情。

不必刻意，不必在意，虽不如意，总有心意。

慢慢地，我们的脚步越迈越长，越走越远，像蒲公英的种子消散在天涯。有人北上有人南下，有人西游有人东进，也有人在家乡苦苦牵挂。

平时见得少了，可思念却并不曾减少，距离隔远了，心却并没走远。一年一度，逢上过年，五湖四海的兄弟如离巢的鸟儿，纷纷踏上返乡的脚步。

你向我诉说他乡的趣事，我他倾诉流浪的轨迹，大家伙聚在一起，扯天聊地，各叙离情。

如是，年里至年外，今天你家明天我家轮流相聚。菜不求丰盛，合口就行，饭不求精细，充饥也成，关键要酒，一瓶两瓶三五瓶，将气氛搞起，让快乐随心。

我敬你，你站着也好，坐着也好，哪怕你躺着，只要不推辞，舔一下，抿两滴，一口闷，都不必拘谨。你敬我，我埋头吃饭也好，大口夹菜也好，敞开喉咙大笑也好，我都不会急急喊停。

我们不会歇斯底里地耍赖，不会装疯卖傻地骂娘，不会絮絮叨叨像个婆娘，将鸡毛蒜皮的事，抖给所有人听。我们喝的是交情，可微醉，可清醒，可瘫软如泥桌下卧，多多少少并不需一碗水端平，只要开心，就可一刻值千金。

这样的人，我从小玩到大，这样的酒，我年年愿意喝，这样的情，我想一生一世地续。

岁月蹉跎，人已渐老，这样的酒，扪心自问，我不知还能喝多少回。

兄弟们越走越远，有的甚至走到了另一个世界。兄弟们越走越久，有的几年不归，有的已在外面安家，故乡只是他偶尔歇脚的旅程。

兄弟们见面越来越少，我们的酒席并不曾减少。在酒桌上，碰到了更多陌生的人，说着更多言不由衷的话，碰着许多虚情假意的杯，慢慢地，我的酒量越来越小，甚至滴酒不沾。

对于酒，我也越来越怯胆。我不想假意地笑，不想硬着头皮喝，不想瞅别人的脸色试自己的酒量，不想听别人的话音揣测自己的舌根。

我精力不济，我伤不起。对于那种泡沫一般没有浓度的感情，我不想靠酒精来维持，不会在酒精里麻醉。

倘若你想说，嗨，兄弟，我们碰一杯，你可要注意，我的耳朵极灵。你能将我当兄弟，我必也将你当兄弟，如果这样，甚好。

嗨，兄弟，我们碰一杯。

我祝我生日快乐

我眯着眼，不想起来，被窝真温暖。耳朵边传来一些风声，撞着窗户，哗哗剥剥，应该是撕裂了雾霾。外面没有太阳，不用看，因为我覆住的眼皮上没有柔柔的红影。

同事们陆陆续续起床了，架子床叽叽呀呀的摇晃声，防暴鞋刷刷的拖地声，水杯嘟嘟的搅水声，还有此起彼伏的咳嗽声，让我知道，时间不早了。

我在心里默默地念着，祝我生日快乐。

上套下提，漱口洗脸，我脱离了被窝，走到了冷清的街上，上班去啰。

太阳果然不来，寒风果然就在。天空灰蒙蒙地，像洒了一层铅笔灰。一些树还涎着脸皮留着绿叶，却无法烘托春的气息。马路上白惨惨，泛着冰冷的光，如同垂危的人吐出的最后一口气。

我啃完两个没有菜的菜包，吸着没有豆的豆浆，鼻孔里呼出热热的气。我赶忙将衣服拢紧一些，将袖子拉长一些，脖子缩短一些，借以保存被窝里蓄来的暖意。

没有人看我，我也看不到别人。冷冷的冬日，孤零零的路人，我走在大街上，如同在黑夜中游行。没有亮光指路，没有火把暖身，甚至听不到隐隐约约的笑声，看不到模模糊糊的背影。

我看了看天，天上毫无动静，我祝自己生日快乐，我低下头前进。

我系着安全绳爬到外墙，外面寒风正劲。底下的小草，底下的树木，底下的灰色小路，让人眩晕。我拿起坚硬的螺丝刀，卸下一个个锈死的螺钉，冷僵的手指在冰凉的机器上，留下一块块油污的印痕。

我听到下面有人仰头送上一句问候，这么冷的天，爬出那么高，真是要钱不要命，呸，神经病。

声音很微弱，但刺穿我的耳膜，留下一些剧痛，又随着冷风旋转着，飘得无踪无影，划下一道看不见的伤痕。

我用苦笑将窘迫遮掩，却不能卸下自己一丁点的责任。

业主在家里门窗紧闭，团得像只刺猬，一个劲地叫着冷。他的目光似刀剑一般，透过厚厚的玻璃，盯着我的身影，希望我能像一块木柴，燃烧自己，送给他无限温存。

他很急，像溺着水，生命很脆弱，让人感觉如果我迟上三五秒，他就会死去。在这个冬日，外面有风室内平静的冬日，在他自己的家里，他像被人丢在南极，一遍一遍地哀嚎，一声一声地催逼。

还好，我用双手挽救了他，他的室内又像春天般温暖，夏天般火热。他如苏醒的虫，觅得配偶的鸟，游在水里的鱼，扑腾着，快活无比。

我解下安全绳，背上工具包，门嘭地一声，隔绝了他稳健的眼神，不起波澜的面色，还有那让人沉迷的空间，各自走进各自的天地。

我又走回那白晃晃的马路，路上的行人多了一些，但都走得很快，有的还一路小跑，像被风推着。

我祝我生日快乐。

我又抬头看了看天，天还是没有动静。再大的风也无法改变天的颜色，再冷的日子也冻不住奋斗的脚步，再单调的时刻也会有人降生，再孤独的生日也会有人祝贺。

我祝我生日快乐。

这儿一样有霓虹，这儿一样有繁华，这样一样有歌舞，这儿一样有喧嚣。这儿一样有颓废，这儿一样有追求，这儿一样有放纵，这儿一样有责任。

不管春还是夏或者秋，甚至这冷丝丝的冬。

我吃完晚饭，泡了泡脚，哪儿也不去。

这是夜晚，打工者的夜晚是属于被窝的。这儿可以看精美的文字，听动听的歌，写心底的话，做美妙的梦，思念远方的人。

可以摸着饱饱的肚皮，看着斑驳的天花板，听着轻微的鼾声，随意地翻转身子，将床压得不住地呻吟。

可以闭上眼睛，锁住想要淌下的泪。可以敞开衣服，看血液在身体里狂奔。可以抿着嘴，任呼喊在喉咙里一气呵成。

可以左手嬉戏右手，可以耳朵告诉眼睛，眼睛闻着鼻子，鼻子看着嘴唇，嘴唇揪着头发，头发轻拂着燥热的心。

心在温暖的被窝与灵魂窃窃私语。

我祝我生日快乐，天天都快乐。

第六辑　那些年的思念，这些年的奋斗

且随雪花归去

家里下雪了，地上盖了薄薄一层。本来雪现在是越来越少，而今年，它竟比往年来得更早些。

我只能在朋友圈看了，或者是瓦棱上，或者是路边的草丛中，或者别人的衣领边，一块一块地，深深浅浅，静静地改变着故乡的容颜。

也有一两个有心的人，追逐着三两片雪花，拍着视频，看它从高处旋转着，无声地坠下，直到融入那一片白，还在仔细地追寻。

也许是想听听它呼吸的声音，也许是想窥探它生命是否坚韧，可是，它明明就在你眼前，你却再也无法分辨。它到哪儿去了，它是否知道有人将它惦记，是否还在回味天空的精彩，是否不甘于就此沉沦。

它到哪儿去了，那一阵阵飞舞的精灵，那满地的晶莹，我立在愁云惨淡的上海，在记忆中搜寻。

哦，我想起来了，它曾在我自广东北归的铁轨旁，曾在我脸庞紧贴向外张望的玻璃上，曾在我一步步扑向家乡怀抱的小路上。

在广东的四五年，我曾连续两年春节没有回去。我不是像别人，在那边有漂亮的房子，有贤惠的妻子，有可爱的孩子，在那儿拥有一个温馨的家。我也不像别人，在那边有很多票子，贪恋那边的繁华，乐不思蜀，早已将故乡当作若有若无，无所谓牵挂不牵挂。

我也并不是浪子，甘愿以四海为家。

我那时只是一个孤独而卑微的打工仔，终日奔走在南国的骄阳下，为着一点钞票，苦苦把汗洒。那儿没有我的家，那儿没有我的她，那儿也没有纷扬的雪花。

我逗留在那儿，只是为了省一下来去的车费，并挣一些春节期间比平时更高一些的工资，让我回到家乡说话可以响亮些，腰杆子挺直些，母亲能够欣然买一件新衣服，换一双新鞋子穿。

连续两个春节，我将母亲焦急的话语搁置一旁，每天将自己忙得像陀螺，抽不出时间想象母亲殷切的目光。

在第三个春节即将来临时，母亲一次一次托人打来电话，说她已置办好新衣服新鞋子，只等着我回家她就穿上。倘若不回，她永远不会再穿，待春节过后，她随着老乡下来，看她忤逆的儿，怎么这么不思家。

我知道，那是母亲赌气的话，养了一天的狗，尚且念着主人的好，何况她养了二十多年的儿，她是最清楚的，更何况，她已六十多岁，身体每况愈下，她的永远又能有多远呢。那一年，虽然我还是没挣多少钱，但我咬咬牙花高价买了春运的票。

虽然在广东还穿着单衣，但我知道家乡很冷，既然选择了回家，我就穿上了厚衣服。

一路北上，气温越来越低，不断有人添加衣服，有人说哪儿哪儿堵车了，哪儿哪儿下雪了，有人说还有几个钟头就可以下车了，好想一下子就赶到。

火车到江西境内时，天阴沉沉地愁着老脸。正当我靠着窗户准备眯上眼休息一会时，有人大声叫起来，下雪了。我赶忙睁开眼睛，果然，大片大片的雪花在窗外飞舞着，纷纷扬扬，急速向我撞来。只是，它们好像怕它的莽撞惊扰了我，一挨着窗户，便消失不见。

车子一直轰隆隆前行着，前面的雪越来越大，远处的小山，近处的庄稼地已经白茫茫一片。

而我倒不觉得冷了，这才有点像故乡的模样，在春天，花儿就该开放，在夏天，万物就该生长，在秋天，就该谷子一片金黄，在冬天，就该要下雪呀。

广东你再开放，再大度，你怎么就不敢在冬天来一场雪呢，你再繁华，再热闹，可游子的心依旧寂寞，依旧冰凉。

在人潮拥挤的广东，有人曾拨开人群向我走来，然后又分开人群悄然离去，有人曾给我带来一丝快乐，留下更多的却是伤痛，有人曾那么近将我注视，可却没有一个人为我守候。

窗外气温越来越低，呵气成冰，我的心真的暖和了，只因为它离家乡越来越近，我似乎看到了母亲的一颦一笑，一个笨拙的转身。

那些雪花依旧奋不顾身，朝我狂奔，然后倏忽不见，它们去哪儿了，它们钻进游子的心坎上了。

它们带着故乡的温度，拂去我心底的寒冷，在心窝处融化，化作袅袅的蒸汽，模糊了我的眼睛。

朦胧之中，母亲穿着新衣服，站在后山岗上，朝着举水张望。一瓣瓣洁白的雪花落在她花白的头发上，层层叠叠，不肯散去。它在等着远方的游子早日归家，用他的微温，将它们一片一片融化。

家里下雪了，不大不小，一块一块地，改变着故乡的容颜，有一点陌生，更多的却是熟悉。它比往年更早一些，迫切地召唤着在外的游子。

到时候了，记得归去，归去。

缘分

世间的事，有时只要你留心，平淡之中也会觉得有趣，庸碌之中也有缘分。

譬如我，在上班的时候，经常会遇到一个人，我们不认识，没有交谈。有时两个人刚好都低着头，或者某一个人刚好在看马路上的热闹，又或者，两人刚好抬起头来，直直地瞄了一眼。

神奇的是，在下班的时候，我们又相遇了，在同一个地点，依旧相向而行。这个时候，在错过的一刹那，我们会抬起头，会收回瞄向别处的目光，会有意地重重看对方一眼。彼此的脸上，不自觉地少了那种漫不经心的漠然，心里升起一种久违的亲切感。

我们依旧不认识，依旧没有交谈。这就是一种缘分，哪怕它只是擦身而过，哪怕它只是稍纵即逝。那种恬淡的微笑，那种轻描淡写的探寻，便在我们的生命里生了根。

不管过去了多少日子，不管经历了多少风雨，如果有了再一次的擦身而过，那种很多年前的微温，便足足让我们顾念一生。

我们依旧不认识，我们依旧没有交谈。你就这样走进我的生命，我们的沉默却拨动了彼此的灵魂。那一眼，那一瞬间的犹疑，那压在心底的惊喜，我们谁都不需再提，却已熟稔至极。

就像路边的一棵树，只要不被人砍伐，就像地上的一棵草，只要不被人刈除，在它们生长的季节，在我跋涉的人生，它会陪着我，我会陪着它，默默地度过一程。

来是那个样子，去也是那个样子，但它的枝丫总在成长，它的小径总在拔节，我的心胸也在宽广，我的人生也更明亮。

就像树梢的一缕风，它可以轻抚我的头发，也可以掀动我的衣袂，就像高天的一块流云，它可以覆盖我的身影，也可以装点我的梦境。

不管是在高山，还是平地，是清晨，还是黄昏，我们遇到了，就是一种缘分。

我遇到了你，也是一种缘分。

也许三天以后，也许三年以后，也许哪怕仅仅是三秒钟以后，我们就此别过，你只会留给我一个背影。

然后，风来了，雨来了，太阳出来了，白昼黑夜更替了，你的背影在某一天模糊了，再在某一天成为一个黑点，直到某一天，跨过一条河，完全消失不见，只剩一条大道向天边蜿蜒。

但是，它会出现在我的梦里，它会因了一棵树的开花，一棵草的结籽，一缕风的吹拂，一块云的飘荡。你的身影会出现在我的梦里，我的意念里，变成一条流淌的河，一条通向天边的路，一片思念的海。

我的胡子长出来了，我的头发白了，我的腰逐渐地弯了，我的意识都快模糊了，但我的记忆却越来越清晰。

在那条铺满石块的小路上，你从南来了，我从北来了，然后擦身而过，我不认识你，你不认识我，带着矜持的冷漠。

在那条铺满石块的小路上，你从北来了，我从南来了，然后擦身而过，你不认识我，我不认识你，带着甜蜜的探索。

我们走着各自的路，唱着各自的歌，在各自的世界里，想起曾经的你我。

哪怕邂逅便是分离，分离即成永远，在缘分溅起的火花里，你和我，飘然而过。

那一对修车夫妇

昨天，我接到一处空调保养的活，整理好工具，骑上电瓶车就走。

都不管什么时候车多人多，人人都急着像去赶集。因为下午还要到另外一个地方去，我一路匆匆忙忙又小心翼翼。

总会是这样，人越急越容易出岔子。在一个路口，红灯已停绿灯开启，我启动车子，却怎么也走不了。我忙下车一看，后面的轮胎瘪瘪的，不知道怎么就一点气都没有。

我赶紧推到路边，四下一瞧，没有发现修车铺，没办法，只好推着往前走，去碰碰运气。

碰到过这种情况的人一定深有体会，这的确不是一件好事。此时的电动车像倔着脾气的牛，死死往后抵住脚，不让往前走。

车上还带着二三十斤的工具，它不走也得走，又不能用鞭子抽。我使出吃奶的力气，一米一米地往前蹭，车子摇摇晃晃，踉踉跄跄，像醉了酒。

今天本来很凉爽，骑着车子还觉得冷，可现在才几分钟的时间，我已经大汗淋漓。

还好，老天没有亏待我，跋涉了三百米左右，张驼子修车铺，在向我热情地招手。

我像见到了亲人一样，抹了一把汗，长吁一口气，心里说总算盼到了你。

到店门口时，我虚脱了一般，再也没有多余的力气将车子撑起来。一个矮小的男人出来了，弓着腰，还真是一个驼背，想必也是姓张了。

他一把接过车子，扶住后座，身子一挺，很轻巧地就将车子的大架撑起来了。他看到我满头大汗，又向里面招呼了一声，出来一个约五十岁的妇人，拿着一条毛巾递给了我。我感激地接过毛巾，将脸上，脖颈，后背细细地擦了一遍，人整个就清爽起来。

妇人又拿了一个小板凳，还给我泡了一杯茶，虽然那茶喝起来不怎么样，我还是感觉到一种归家的温馨。

两口子应该是在这儿打工的夫妇，一看就是从乡下来的，都穿着深色的衣服，上面沾着油污。男的光着脑壳，面庞黝黑，就像长期在外面犁田耙地的隔壁二大爷，脸上一直在憨笑着。妇人剪着短发，也许是为了修车方便，皱皱褶褶的脸上依稀露出一丝年轻时的妩媚，她系着一条围裙，上面已经被铁锈染成了古铜色。

他们俩本来是说家乡话，看到我在这里，才又换成憋脚的普通话，我听得很吃力，但也懂得大概意思。

妇人拿来工具，拢起袖子，准备拆后轮胎，老者朝她喝斥了一声，叫她不要添乱子。但那喝斥声就像现在的年轻人说的分明是在秀恩爱，没有一点杀伤力。妇人唯唯诺诺却并不走开，在近旁蹲下来给他递工具。

一直到老人动起手来，我才瞧出端倪。老者的左手起巴掌处完全是弯曲的，几个手指黏在一起不能转动，就是我们老家说的拽手。干活时左手只是起一种支撑作用，帮不上大忙。那只手不能动，他就依靠身子的旋转来配合他，样子很滑稽。

他不停的转来转去，驼背像一座小山峰不停的移动，光光的脑门在我眼前闪来闪去，像一只上了粉的南瓜，但是我却笑不出来。

他的手上没有停，嘴上也一直在与我交谈，妇人不时地插上几句，我俯下身子听得很仔细。

原来老两口是安徽的，其实他们并不老，才五十来岁，只不过岁月的刻刀在他们脸上留下的痕迹深一些罢，刻出了一些衰老的花纹。而我也因了岁月的偏见，一致认为他们是已经成了让人怜悯的老者。

他们有一个儿子在上海读书，为了照顾儿子，给孩子挣一些学费减轻压力，不远千里，从农村一脚踏进了城市。

老人虽然左手残疾，但他凭着自己的聪明勤奋，学到了一手修车的好技艺。在老家时两口子相互帮衬，孩子那时的学费也不高，倒也将日子过得有条有理。

到了上海，这边外来工多，电瓶车自行车也很多，老人租了这个铺面又干起老营生。每天起早贪黑，风雨无阻，再加上他的技术和服务都是一流的，生意非常的好，居然能供住儿子，还有一些积蓄，两口子心满意足，感觉到了城市的美好。

"我这娃儿成器，成绩好得很。"妇人掏出一张照片给我看，小伙子阳光帅气，满面微笑，早已看不出农村的烟火。

我指了指老人的手，"你这手不碍事吧，痛不痛？"老人哈哈一笑，弯弯的背里像储存了巨大的能量，一下子爆发出来。"不打紧，不打紧，这点小伤小痛对我来说算什么，痛的时候早过去啦，像一阵风没影儿了。"

我脸上禁不住一阵发热，想起了郑智化的《水手》，"他说风雨中，这点痛算什么，擦干泪，不要问，为什么。"

是的，有些人的痛苦不需要别人问，不需要别人的怜悯，那怕再怎么卑微，像野草，像泥团，他们也有自己的抗争，也不会屈服于命运。

世上有太多的不幸，有太多的不公，不管你如何躲也躲不掉，那就坦然的接受吧，抹去泪水，鼓起勇气面对，绝不沉沦。你也可以从坑里爬起来，在荆棘上站起来，而且站得很高，让人仰视。

老者的手脚很利索，很快就将车子修好了，问他多少钱，他只收五块。我心里有些过意不去，丢给他二十块钱让他不要找了，夫妇俩拦住我，急得一口安徽话像爆豆子似的，硬是将十五块钱塞给了我。本来，我开始推坏车子的时候，就在心里暗暗说，谁要是能给我马上修好，我就给谁一百块钱，也心甘情愿。

两口子一直将我往前推，盛情难却，我骑上车子走了。在车上，我甚至有了一个荒诞的念头，回来时我的车子又坏一次，再来找他们修。

我脑子好像进了些水，晕晕的，都不知道在想些啥。

生活中的风景

一

我写不出文字的时候，会一边冥思苦想，一边将目光在四周逡巡，当脑子里实在抠不出什么的时候，也许生活就会给我的有心带来一点馈赠。

其实生活真的如万花筒一样，丰富多彩，就看你能不能发觉，许多白开水一般平淡的泡沫下，总会有一些隐隐的波澜，在一浪一浪地泛起晶莹。

今天早上，我去买早点，经过一个洗车店时，我的心就狠狠地动了一下。

一阵叮叮咚咚的吉他声传来，其实我对吉他究竟该如何弹怎样拨是一点都不懂的，但那旋律还是吸引了我，那是《外面的世界》。弹的曲子并不连贯，时断时续，忽高忽低，一会儿像山洪一会儿像小溪，但我还是听出了调调，心头起了一丝暖意。

店里一个小伙一手抱着吉他，一手在上面不停地拨弄，头随着曲调的高低摇晃着，双眼微闭，沉醉在里面。他的三个同伴坐在矮凳上，有的手支着下巴，有的双手环着膝盖，还有一个手里拿着小木棍像在当着指挥，他们睁着钦慕的眼，也陶醉在里面。

这儿不是演出场地，没有万千人注目，没有挥动的荧光棒，没有刺耳的呐喊声。地下有深深的水槽，横平竖直，头上有吊车的钢架，张着粗重的爪子，四周挂了很多抹布，黑的蓝的像小银幕，浑黄的玻璃上挂着水珠，还有一条条蚯蚓般淌水的痕迹。

此时，这儿就是他们的舞台，他们感受到了无上的的光荣，我成了观众，心底有一阵莫名的悸动。

他们都穿着工作服，蹬着雨靴，很年轻。

洗车工我了解，因没什么技术含量，普遍工资不高。不管盛夏还是寒冬，每天就是拿着高压水枪在各种车上冲洗，然后打泡沫，擦车身，洗坐垫，吸灰尘，工作单调而枯燥，像机器人一样，不需花费太多的脑筋。

他们如我一样，都是外来工，行走在这个城市的边缘，用如花的青春在这里熬着，在冰冷的异乡抛洒着力量和汗水。在外人眼中，他们的生活潦草而苟且，但是，他们却将它过成了一首歌。

那一团团乱糟糟的野草，在他们眼中，就是　朵朵曼妙的花，他们徜徉在那香气里。

生活在他们眼里并不总是荆棘密布，寸步难行，并不总是满目狰狞，让人恐惧，在我看来，至少他们现在是这样。也许在拿起水枪时，他们会想起在老家与伙伴坑水时的游戏，也许在打泡沫时，他们会想起母亲给他们洗衣服时的汗滴，也许吸灰尘时，他们会想起老屋温润的土地。

外面的世界很精彩，外面的世界很无奈，当你觉得外面的世界很精彩，我依然会在这里等着你的归期……

生涩而低沉的吉他声里，我听出了满腔的深情与热爱。

二

在我上班的小区草坪里，每到星期三，总有一个老人，带着简易的音响，在那儿吹萨克斯。

他的听众只有一颗高大的雪松和不时奔跃的狗，当然，偶尔也会有我的光顾。

它们不会喝彩，只有当风吹过时，雪松会轻轻地摇晃，发出沙沙的响声，一两支松针会落到老人的头上。那只狗不时地追着一片纸屑，或者用爪子刨着土坷垃，自己跟自己闹腾，对音乐并不是特别热心。

音乐响起时，我总会驻足。

老人鼓着腮帮子，用尽力气，吹着大肚子的铜色乐器，我在与不在，听与不听，他没有任何的变化。他目不斜视，在他的世界里，做起了自己的主人，过着自己惬意的人生。

浑厚的音乐从铜管里淌出，散发开来，一条条一缕缕，漫在绿莹莹的草坪上，爬上小草的叶子，吸着花瓣的露水，越过蝴蝶的脚印，在四周传来阵阵回声。

老人应该有六十多岁，我没与他有过任何的交谈，我只怕我的冒昧惊扰了他宁静的心神。

有人听到声音，会探头探脑张望一下，然后嘴角一撇，转身就走，有的还会捂住嘴轻笑几声，留下一些自以为是的点评。在这一望一笑中，或许就攒起了许多的忿恨与忌妒，或者欢欣。

老人或许根本就不知道有人因他而心情改变，或许早就知道，只是他无心理会。他将他的日子吹成了一支支曲子，时而高亢时而低沉，里面有阳光，有鸟语，有对明天满满的信心。

当别人在麻将桌上为几块钱吵吵嚷嚷，或者将自己关在低矮的房间里叹声唉声时，这个老人却在明亮的天空下演绎着简单的精彩，浪漫着缤纷，让自己成为我眼中绝美的风景。

生活就是这样，有人将它过得苍白，有人将它过得鲜艳。有人在底层活出自己的高贵，有人在高处挥霍自己的颓废。远处看它是风景，近处看它是人生。

只要你有心，带着眼睛细心找寻，总会有太多的东西震动我们的灵魂，给我们以力量，像火花，闪烁着，让你悟不完，写不尽。

任何人的努力都不该被辜负

我喜欢步行上下班，也就一二十分钟的脚程，随心随性。想要热闹，可以看看车来车往，听听男呼女叫，在心底大吼三声，想要清静，可以仰望苍天，瞅瞅花草，冥思苦想默不作声。

走的路多，见的人多，想的事也多。

一

这两天，走过十字路口，总有一个小伙子老远就将微笑捧给我们，嘴巴向我努着，随时恭候我的询问。我一不帅，二不讨他爱，三不长得太奇怪，我能得到他的青睐，只是有些东西想要我去买，因为他手里拿着一叠花花绿绿的纸。

我是个简单的人，对这些推销一般不起哄，不围观，因为我不会买。同事是个年轻人，忍不住好奇，凑过去。小伙子马上递给他一张宣传单，滔滔不绝地向他作起简介。

我拿过单子一看，原来是一家游泳馆开业，想拉人去那儿学游泳消费。

游泳的事，于我真是小儿科，五岁即在举水狗刨，八岁顺河仰泳一百五十米不下沉，十岁憋气两分钟可捉鳖，这么多年过去了，浑身上下还散发着一种被水泡过的味道。

这根本不可能成为我们消费的范畴，我可以拍着胸脯保证，三年之内，我不会去游泳馆下水，我也可以顺便拍下同事的胸脯，他也不会。

小伙见有人过去了，还不像抓住一根稻草使劲拽，问同事干什么工作，有什么爱好，还让他留下电话，随时欢迎他去。

同事与他叨唠半天，居然还要留下电话，我连忙制止，同事不解，不就留一个电话嘛。

我将他拉到一边，说了一通，他方醒悟。

天气那么热，小伙天天站在街头，还不是为了生活，为了梦想。每一个人都可以助他成就梦想，尤其是给他留下电话的人，都会让他念念不忘，充满希望。

我们明明不会成为他的客户，也就不要让他的梦想被我们无心地辜负。每一个奋斗的人都值得尊重与鼓励，当我们什么都不能给了时，也就不要去惊扰他，给他虚妄的希望，轻易浪费他的时光。

一

虹桥到麻城，也就五个小时，因为终点站是汉口，这趟车注定很多湖北人。

在火车上，我一般就是翻翻杂志，听听音乐，或者静静地看窗外，任动车钻山过洞，一路呼啸，很少主动与人交谈。

接了一个电话后，本想闭上眼眯一会儿，旁边的男孩与我搭上腔了。

他说听我的口音是麻城人，他也是麻城人，在嘉善一家房产公司上班。

小伙子很健谈，也许与职业有关。下车后，作为老乡，自然而然彼此留下电话。

一个星期后，他给我打来电话，问候之后，即进入他的职业话题，说在嘉善买房的好处。什么即将通地铁与上海接轨，可入户口，小孩上学方便等等。当然，最后是想我去嘉善看房，然后买房。我当时只是说虽然在这里打工十来年，并没挣什么钱，没那个能力在外面买房。

我的回答有点含糊，给一个正在奋斗，满腔热情的年轻人带去些许希望。他已经将我当作他潜在的客户，经常发发微信，灌点鸡汤，聊个电话，推介一下房源。

小伙子热情满满，一口一声大哥地叫唤。我发觉这样不行了，因为我根本无心在嘉善买房，也没那个能力，只是碍着老乡的情面，与他有一搭没一搭，没个了断，其实是在害他，磨损他的精力。

后来，我直接跟他说了，我是肯定不会去看房的，但若有朋友有意向，我一定首先介绍给他，他的事我会放在心上。

小伙子很真诚，刚毕业半年，有一股闯劲，他的努力让我感动，让我欣赏。我不想让他在我身上耗费太多无谓的精力，我理解他的作为，尊重他的职业，更欣赏他的精神。

我不能给他提供帮助，也没必要让他将希望寄托到我身上，再长久地等待，直至落空。我能做的，就是让他调整方向，将精力放在他该关注的人身上，我尊重每一个怀抱希望的人。

三

五月份，我们在小区门口架两张桌子，两张椅子，放上一大叠宣传册，推广空调保养。

事实并不如我们想的那么火热。我们喊破了嗓子，跑累了脚肚子，围观的人寥寥无几，好像我们是外星来的骗子。

也好，不看就不看呗，现在天还不太热，没人用空调，等到用上了，自然就会想起我们，这种事我们见得多了。

就在我们百无聊赖，准备撤走时，一位业主咚咚咚大步走来。我们迎上去，准备向他讲解空调保养的好处时，他挥了挥手，示意不必，拿起一张宣传单，跳上停在一边的小区班车。

我们满怀信心以为他拿上单子，会坐下来仔细看，说不定会做下一笔生意，但他却并不，他不是我们，他的思维更活跃。

他用单子将座位反复擦来擦去，仿佛上面有狗屎。确认无灰尘后，他将单子揉成一团，从窗子往外一丢，那纸团好像认识我们一样，骨碌碌滚到我们桌子边。

我们的眼傻了，脸绿了，心凉了。

还有这样的人，将我们的满腔热情，像垃圾一般，随手一丢，还当着我们的面。

你不尊重我们，你可以不过来，你过来了，但请你不要践踏我们的成果。

你可以漠视努力的人，但请你不要无视我们努力的精神。

每一个奋斗的人都会经历迷茫，都会忍受困苦，更会渴望成功。任何一丁点的希望都会给他寄托，给他力量，他都会抓住不放。

如果我们不能给与，不能支持，不能鼓掌，那也不要给他空假的盼望，不要阻挡，更不要践踏。毕竟，每一个向上攀爬的灵魂都高尚，每一个努力的人都是一种榜样，必须得到尊重。

你的热情，我无力捧场，不能给你添薪加火，但也不会泼凉水，毕竟任何人的努力都不该被辜负。

生命于我

在这么炎热的天气写下这几个字，是因为希望我的生命里有些微风，一边吹拂我的躯体，让它于燥热中逐渐凉爽，一边吹拂我的灵魂，让它于烦闷中逐渐清醒。

我的生活正处在水深火热之中，我的生命在起起伏伏中灰暗，在灰暗后激扬，于激扬中闪亮。

七月初，老家下暴雨，发洪水，父母辛辛苦苦插下的秧苗种的花生遭水打沙压，颗粒无收。房子里进了一尺多的水，粮食家具被水泡，朽的朽了，烂的烂了，坏的也坏了，老天在那时完全瞎了眼，不讲半点情面。

现在，我在烈日下奔走，汗珠摔成八瓣，每一瓣里都缀满粗重的喘息，映射着快被熬干的灵魂。人生多艰，命运多舛，我的生命兜兜转转，旋了很多弯，每一个叉弯处必须露出笑脸，迎接下一个明天。

父母，孩子，家庭，事业，理想，追求，不敢做又忍不住做的梦，都骑在我的肩上，附在我的身上，奔窜在我的生命里。

本分的我，因了生活的跌宕，生命的不本分，哪怕千疮百孔，伤痕累累，也依然倔强地以为我终将会有一天让生命色彩斑斓，争奇斗艳，昂首触天。

经常有人将生命比做河流，有时平静，有时狂热，有时丰沛，有时干涸。有人说，人不可能两次踏进同一条河流，世上没有相同的两片叶子。生命总在前行，变化万千，雨随风至，福来祸走，谁也无法一眼望穿头。没有谁能过一成不变的生活，没有谁与谁的生命完全吻合。

就是我们自己的生命也是如此。此一时的你非彼一时的你，在阳光中的我只能回忆也曾被月亮笼罩过。

幼年时，生命如同软壳鸡蛋，让人不忍触摸，总怕一不小心它就碎了。青年时，生命如同夏花，婀娜多姿，历经雨打风吹，依然执着。中年时，生命如同醇酒，绵厚悠长，细品慢啜，寻找不一样的烟火。老年时，生命如同枯叶，经风一吹，摇摇欲坠却又不无留恋，向往高远已无能为力，眷恋大地又恐惧孤寂。

生命有时如同冬眠的蛇，有时如新出的芽，有时如寂静的夜，有时如喧闹的酒吧。

生命于我，是小时候玩过的泥巴，捉过的蝉，骑过的竹马。生命于我，是课堂上绝妙的回答，放学路上挨过的打，是前桌女同学瀑布般的黑发。生命于我，是打工时恋着的姑娘，她不爱我，我死命爱着她，是母亲别时的嘱托梦里的牵挂，是受过的屈辱遭过的苦难化成转瞬即逝的泪花。

生命于我，是老家建起的小楼，是儿女成双的家，是我渐白的两鬓，是一年一年逝去的韶华。

生命于我，是简单的生活，快乐的浪花，执着的信念，美丽的梦，哪怕以蜗牛的步伐，我也要慢慢接近它。

说实话，谈论生命这样的话题，于我确实太深奥，我只知道，人生短短几十载，只要你一直努力，一直奋斗，再笨拙的人，也能闪烁光华。

　　每个人都有不同的活法，每个人的生命也不尽相同，不管怎样，生命虽说越走越短，可灵魂却越留越久。

　　我们一直向上，在生命消逝的那一天，才能站在最高处，回首望时，骄傲地说，我的生命是精彩的，我的生活是丰富的。

　　我淌过不同的河，见过不同的叶子，开过不同的花，梦过不同的梦，结过不同的瓜。

　　其实谈到生命问题，我笨嘴笨舌，毫无章法，简直就是在浪费生命。

　　生命于我，归根结底，不管是虫豸还是蝼蚁，总要珍惜，唯有存在，一切才有意义。

简单，并不简单

我这个人生性平淡，喜欢简单的生活。不羡慕大鱼大肉，不眼红大尊大贵，几杯白开水能够解一天的渴，三两篇文章能够让我安闲度几天。

那些东西人们都想拥有，但它并不是靠静静等待才能得来，总要有自己的争取。我并不是不争，只是有些争我不屑，即使争到了，不是我心中的事，依然会不屑。

喜欢结交朋友，但朋友并不多，我结交朋友主要看脾性合不合得来，话语谈不谈得来。关键是看真不真诚，正不正直，善不善良。一旦投了缘，合了意，对上路，我便会拿出心去交，不花心思，不耍心眼，你可以通过我的言行，直直地看透我的内心。

处处想占便宜，时时拿着尺子衡量，眼中老是盯着利益，心里总是拨拉着小算盘的人，我不交。偶尔逢了一回，吃了一次亏，我认了，我也就不再认你这个人。

人前喜笑颜开，背后恶语相向，口中认识你三生有幸，心里憎恶你千百遍，口蜜腹剑，喜欢搬弄是非的人，我不交。不慎交了一个，让你玷污一回，坑上一次，再遇着你，对不起，我不会再奉上笑脸。

人都说要交友就结交比自己优秀的人，这样有利于自己的提升，自己也会越来越优秀，我很赞同这种说法。但你再优秀，若总是高高在上，总要别人仰视，对别人指手画脚，随便贬斥别人，不肯用心对待，这样我宁愿自己庸陋一生，也不攀附。

我不会大吹大擂，一提起 ××，就会冲出来，我认识。我也不会往脸上贴金，朋友遍天下，走到哪儿都不怕。

我的朋友开始那么几个，现在也还是那么几个，我们就像狗皮膏一样，粘在一起，拨也拨不开。有发小，有同学，也有同事，都是在交往中感觉贴心合拍玩得来的。

我们可以天南海北地聊，聊到哪儿算哪儿，心平气和，随合随散，也可以脑热脸红地去争，谁赢谁输不计较，都不搁到心里去。

你想喝酒，我可以黑灯瞎火赶过去奉陪，推杯换盏，把酒言欢，但绝不强行劝灌，各自随量，以茶代酒或以酒代茶，各随其便。你要吹牛，我可以拿出平生所识，与你酣畅淋漓聊上一宿，管它是否漏洞百出，是否合乎逻辑，只要吹得牛能够在天上飞，彼此心欢喜就行。

醉了，我可以陪你一宿长眠，乏了，你可以将头靠在我的肩。闷了，你可以不停絮絮叨叨，乐了，我绝不吝啬我的欢笑。

无论多远，无论多久，彼此总会相互挂念，偶尔一条短信，两语三言，偶尔一个电话，三两分钟挂断，但你在我心里面，我也在你心里面。我们可以几天不说话，也可以天天不厌其烦。再次相逢，我踹你一脚，你擂我一拳，一切都是那么自然。

你有困难，就怕你不开口，总是装作无事，自己一个劲闷在心里面。我有难题，总是自己尽量想办法解决，总怕给你添麻烦。这不是信不信任，不是对你见外，这是彼此心中一种纯洁的珍惜。

你口口声声总是说，有难处就会找我，我是你朋友，可你总是自己处理之后才让我知道。我再问你，你淡然一笑，那么一点小事，何必嚷嚷着让大伙都知道。

在我面前，你从来都是无事，好像一生都顺心顺意。但我知道，你有好事，总会让我第一个知道，我有好事，也会马上与你分享。否则，我睡眠不佳，胃口不好，心口有一团棉花。

如今的社会太过复杂，经常看到那些曾经好得割头换颈，如同一奶同胞的兄弟，因一点鸡毛蒜皮，翻脸形同陌路，转瞬恶语相向，甚至捧老拳以奉，我的心便会涌上无限的悲哀。

还好，在我身上从没发生过这样的事。

我不喜欢与当官的人打交道，见着领导绕道走，并不是自命清高，其实是不擅长与他们沟通。在他们面前，仿佛前面是一团刺，我很别扭，我从心里瞧不起那种盛气凌人，看不惯那种鼻孔朝天的官腔。

我怕与他们在一起，我不得不戴上厚重的面孔，将自己变得不是自己。他们笑，我必须比他们笑得更动听。他们讲话，我不得不装得饶有兴致，身体前倾，一副大受教益的样子。与他们喝酒，你不能喝也得喝，你能喝更得喝，别跟他们说你有什么胃溃疡，肝有毛病。他们统统不会信。

我必须唯唯诺诺，诚惶诚恐，连放屁都不敢大声。

这些我很不娴熟，我无法做下去，即使做，很为难，根本就做不好，因此，我不做。

我知道自己的秉性，总是做不到言不由衷，我不想让自己太委屈。

我也许很没出息，烂泥扶不上墙。但太坚硬的墙，即使暂时扶上了，也很快会掉落，我怕摔得更痛。

我烂在我的圈子里很好，最起码，是真烂还是假烂，我的朋友知道，他们都不会嫌弃。我可以毫不避讳，无所顾忌，想怎么扶就怎么扶，随时随地，他们会用真诚的心包容我。

我不太喜欢扎堆，哪儿人多哪儿去，我不会做围观的大多数，但我喜欢阳光，哪儿有哪儿追逐。看书，写字，听音乐，抠指甲，挠头皮，昂首看天，一个人挺自在。

　　人生未必要轰轰烈烈，才可问心无愧，只要坦坦荡荡，一样可以心安理得。我总是相信，晴天总比泥泞多，冷漠遇到热心只能躲。

　　三五知己，顺时欢笑，逆时帮衬。有耐性，有黏性，推心置腹，胸中有丘壑，一样可以指点江山，激扬文字，粪土当年万户侯，快意人生。

　　保持纯净，简简单单，其实并不简单。

一生所爱

沧海月明珠有泪，蓝田日暖玉生烟。

此情可待成追忆，只是当时已惘然。

鱼说："你看不见我眼中的泪，因为我在水中。"水说："我能感觉得到你的泪，因为你在我心中。"

你在我心里留下一滴泪，我能感觉到你的落寞，我问世间，情为何物。

夕阳下的断城上，紫霞和至尊宝站在两边，紫霞要至尊宝留下，至尊宝坚持自己已经有娘了了，如果不是那一滴泪的愧疚，至尊宝永远不会走向紫霞……

从前　现在　过去了　再不来

红红落叶　长埋尘土内

开始终结总是　没变改

天边的你漂泊　白云外

爱过知情重，醉过知酒浓，伤过知心痛。过去的已经过去，现在也正在成为过去。无论曾经多么浓情蜜意，还是爱断情伤，谁也无法阻挡时间的流沙将我们静静掩埋。

也许在重伤之后，我们没有哭，有了彻骨的领悟，可无论是开始还是结局，早已将我们置身事外，一切早已无法更改。

心中的那个她已经如白云一样飘在了天边，但又总是盘旋在心中，从不曾走远。爱情究竟在什么时候开始，又在什么时候结束，此情也许只能追忆。

红红的落叶将带走它所有的眷恋，静静悄悄地深埋于尘土之中，零落成泥，而你虽不来，却也没有离开，依旧鲜活在记忆的尘埃。

有多少次，寒蝉凄切，对长亭晚，骤雨初歇。也只能执手相看泪眼，竟无语凝咽。该走的总是要走，该留的也无法挽留，这结局，不管是折霸桥柳还是饮长亭酒，都无法改变，这条路终将留下你的背影，而你，早已漂泊于我无法企及的地方。

刘郎已恨蓬山远，更隔蓬山一万重。

苦海　泛起爱恨

在世间难逃避　命运

相亲　竟不可接近

话我　应该相信　是缘分

你的心也只是埋在回忆的海，偶尔泛起微波，让人生出一丝爱的暖意，却终究难逃脱命运的捉弄。

爱与哀愁犹如一杯烈酒，能让人在快意之后陷入更深的苦痛。爱并不是一种罪过，恨也不是一种解脱。爱与恨总是纠缠在你我交叉的路口，你有你的方向，我也有我的方向。

也许遇上你是我的缘，你遇到了爱，爱却将我拒之门外。

有缘未必有份，从来说缘是天意，份在人为。也许很多天意都可为缘，可却不是所有的人为都会有份。

你我在抬头的一刹那，也许会生出许多喜欢，可是人海茫茫，说不定在错身的一瞬间，你已消失不见。刚刚还触手可及，亲切在眼前，只那么一误，就仿若千万年，从此走上两条不再相遇的路，徒留嗟叹在心间。

明明是那么欣喜，明明以为两人一生一世可长相厮守，两情久长，成天作之合，却偏偏不能在一起，漫漫两地分隔。

相思相望不相亲，天为谁春，长忆长念不长好，地因谁老？整日里，枉教得凄凉憔悴，独自黯然魂销。

也许，只有相信一切都是缘分的宿命，让那个人在记忆中一如往昔，才可以在命运的苦海中取一瓢清亮的沧浪，浇灌那梦想里的花。

情人　别后　永远　再不来
茫然　独坐　放眼　尘世外
鲜花虽会凋谢　但会再开
一生所爱隐约　在白云外

情人啊，你可知道，寂寞的滋味，寂寞是因为思念谁。你轻轻地走了，渺万里层云，千山暮雪，只影向谁去？你也带走了我柔肠百结的心，我漫无边际的思念。盈盈一别，却成永诀，我看不到你了，我找不到你了。

路上的行人匆匆而过，可没有我熟悉的脚步。四顾茫然，哪儿才有我的春色。在岁月中静静枯坐，梳理着有你的往事，尘世之外，停留着我追逐的目光，那目光缱绻悠长，却描画不出你的模样。

你虽然走了，永远也不来，就如同鲜花凋谢在我的脑海。无论春风几度来，你却总不与春风入梦来。你渐行渐远，几度徘徊，却终归离开。

幸好鲜花一蒙春的青睐，依然会静静地开。茫然独坐的我，眼前也逐渐开阔，一抹阳光自心底升起。花谢花会再开，夕阳西沉之后终将会有朝阳升起，就中更有痴儿女，爱你的心还在。

放眼望去，在那个最远也最近的地方，在白云如鲜花盛开的地方，隐隐约约，却又清清晰晰，有我一生的所爱。

一直喜欢这首《一生所爱》，卢冠廷高亢的声音中有种坚决又不乏细腻，干净又充满柔情，男声的伴音一咏三叹，像在不断辗转徘徊回望过往，而隐约的女声伴音，极细小却带着韧性，缥缥缈缈，仿佛来自白云之外，缠绵不绝但又无可奈何。低唱浅吟和着激越明净，飘然若逝却又辗转迂回，摇滚风格的动感伴奏让凄楚无奈的悲感减弱了几分，透着些许温情，有种释然超脱的潇洒，让人回味。

一生所爱永远是一生所爱，永远无法更改，即使是命运的捉弄要分离，也要微笑着送上一句祝福，因为鲜花谢了会再开，而你，去了就不再来。

《一生所爱》出现得不早不晚，恰到好处，是最有情怀的片尾曲，一直让人难以忘怀。影片的结尾处，孙悟空的爱情化为了一串无法让爱人知晓的记忆，传递在夕阳武士身上，留下了紫霞心中淡淡的"熟悉"和自己对自己"狗一样"的嘲讽，默默转身，走向一种宿命的安排，有无奈，也有一种撕心裂肺的淡然。

这首歌极其舒缓，却又有一种摄人心魄的力量，音乐对爱情的解读极缓慢，犹如品酒，越来越浓烈，但是又渗透着恰到好处的劲道，悠远苍凉，配合着至尊宝（孙悟空）的落寞背影，观众的眼泪不可抑制早已奔流成河，内心的震颤再也无法平歇。

一生所爱，再不来，但一直在。

柿饼

男人要走了，女人拿出一包柿饼塞进行李箱内，男人执意不要，谁出门带那玩意儿啊，也不好吃，再说，外面啥东西买不到啊。

男人火气重，嘴里特别容易上火。女人听说吃柿子可以清火，就在超市买了一大包。

男人与女人结婚十多年了，有一儿一女，还算称心。现在，农产品都不值钱，在家里种田完全养不活一家人了。一直以来，男人在外打工，女人在家照看一双儿女，打些零工，一家人倒也吃喝不愁，维持得下去。

男人在外十多年了，已经完全习惯了外面的生活节奏。偶尔假期回来，家里倒好似成了旅店一般，男人倒有些不适应了。女人心疼男人，一年到头在外打拼，每次男人回来，总尽量不让他干活，将男人服侍得熨熨帖帖。

男人倒也心安理得，大事小事往旁边一撂，每天就逗逗孩子，闲逛逛。其实，男人也的确争气，经过多年的努力，已经在工厂某一部门混到主管位置了。工资多了，地位高了，在这个花花绿绿的城市，男人的心思也动了。

他们部门去年新进了一位文员，刚刚大学毕业，人长得玲珑剔透，活泼开朗，很是抓人的眼球。每次碰到男人，总会甜甜一笑，一排扇贝般洁白的牙齿，两只勾人魂魄的大眼，总让男人禁不住心旌摇动，不能自抑。

他们因为工作的关系，每天都要接触，话也谈得多，已经让他有一种一日不见，如隔三秋的感觉了。

这次回来，他竟有了一种度日如年的感觉，但是，也真的是过年，女人越发将他照顾得好。而面对女人每日的操劳，为孩子，为他，为整个家，他竟越发有些视而不见了。女人偶尔一张嘴，他嫌女人啰唆，琐碎，他嫌女人脸上的斑纹，嫌女人粗糙的臂膀，甚至埋怨女人为何白发早生。

他在心里默默数着回归的日期，而女人面对一天比一天少的日历，恨不得将家里所有好吃的东西都做给他吃。他越急越上火，越上火越难受，就越容易甩脸色给女人看，女人一如既往，从不分辨什么。

他带着一包柿饼上路了，竟有一种如释重负的感觉。他走得很急，完全没听进去女人的叮嘱，没看到女人有些踉跄的脚步和一双儿女不舍的眼神。

终于回到厂了，他长长舒了一口气，又每天可以看到文员小姑娘了，整个人都神清气爽了。

他每天都变得很勤奋，与家里完全判若两人。衣服笔直挺括，头发梳得一丝不苟，胡子刮得一干二净，他的所有的动作只为文员一个人，家里的女人已成为一个遥远的背景。

而小姑娘嘛，似乎也对他特别青睐，大事小事往他这儿跑，有空的时候总缠着他问这问那，非常上进。他认为她是对他有好感的，他非常乐意接受她的这种好感。

他们甚至开起了一些非常夸张的玩笑，让人浮想联翩。他重新感受到了一种冲动，一种只有年轻人才有的冲动，而小姑娘的脸上只要一见到他，似乎也慢慢铺上了一层晕红。

他以为他只是一个人，他以为只要他一发力，好事便水到渠成。

谁知，过不了多久，在他还没鼓劲发力时，小姑娘被调到了另一个部门。

很快他就发现，小姑娘现任的部门领导仿佛就是他的替身，尽管那个男人比他老，在公司实权比他轻，但小姑娘也待那人如亲人，整天依旧光彩照人，不因离开他而神伤半分。他也曾假装有事到那个部门，小姑娘再见到他，虽然依旧一笑，但明显是应付是象征。

而更让他恼火的是，在某一个下雨的黄昏，一个帅小伙开车来接她，两人深情相拥，在他面前招摇而过，分明就是一对相恋已久的人。

他又上火了，这一次特别厉害，咽一口饭就钻心的痛，他才记起了他的柿饼。原来，他一下来，就将柿饼装进箱里，没有动它一下。他赶忙翻找出柿饼，还算好的，女人细心，包裹得完完整整，一点都没有变质。

他轻轻地咬了一口柿饼，细细嚼碎，一阵如蜜的甜味浸透他的全身，他不知不觉地流下了泪。

口中含着柿饼，他想起了前几天儿子打来的电话，他从儿子稚嫩的声音听出了一些他忽视的事情。

那天，女人骑车给他买柿饼，路上一个小孩突然窜出，为了避免撞到小孩，女人紧急刹车，结果连人带车摔倒在地，右边膝盖跌破好大一块皮，很痛。女人没有上药，咬着牙一声不吭。

他想起来了，怪不得那天晚上女人总在床上翻身，他还以为女人只是舍不得他走，睡不着。而他，甚至有些恼怒，女人就是事多，婆婆妈妈的，让他也不能好好睡。

他真的为他自己感到可耻了，就这么一点点破事，都让他迷失了自己，忘记了最爱他的人。

柿饼现在虽然难看，干瘪多皱，毫无生气，可它挂在树上是柿子的时候，也曾饱满圆润，丰盈水灵，让人垂涎欲滴。现在经过岁月的沉淀，虽然不再光彩照人，可它更加甜醇，更富营养，更易保存不变质。

女人也是这样，也曾年轻，也曾漂亮，也曾让他魂牵梦萦。只是为了这个家里的一切，她全身心地付出，虽然老了容颜，衰了精神，可对他的爱更浓更深，更不会改变，就如一枚质朴的柿饼，情愿被他嚼碎，溶化在他的身体里。

他正在悔恨之时，手机响了，是女人打来的，问他还上不上火，柿饼吃完没有，她又叫人顺便带了一包，叫他要注意身体，不要太劳累，家里有她，不要牵挂，她与两个娃儿都好。

他的泪早已模糊了双眼，他没有像往常那样推脱他忙，希望早点挂断，他只是一个劲地嗯嗯，他怕说太多，他的哽咽会顺着电波，倾泄成河。

我请你吃一碗热肉糕

我的故乡在大别山南麓的湖北麻城。那里山清水秀，有"人间四月天，麻城看杜鹃"的 10 万亩古杜鹃群落，有杜牧借问酒家何处的杏花村美景，也有唐代修建的柏子塔，历经风雨，傲立九龙山。那里人杰地灵，有 86 版《西游记》的导演杨洁，有中国两弹元勋彭桓武，当然，更有王树声，许世友，陈再道等三四十位共和国的将军。

这里民风淳朴，特产众多。其中的麻城一绝肉糕，最让人难忘。在麻城，如果你没有吃到肉糕，你千万不要跟别人说你去过麻城，因为再没有什么其他的东西能给你更有力的证明。

肉糕是麻城人最隆重最美味的一道菜肴，过年，婚丧嫁娶小孩儿满月做生考学，无肉糕不成席。

每逢过年，父母就准备好干劈菜，大铁灶铁窝，案板。将新鲜的草鱼或胖头鱼，最好三四斤的，去刺去皮，猪肉去骨剔皮，均剁成肉浆，父亲双手握刀，好不威风，叮叮当当，节奏明快，如一首欢快的歌。母亲将红薯淀粉、清水、食盐按比例放入盆内与肉浆搅拌，打成芡，加入姜末、葱花等佐料，制成圆形或方形，放入蒸笼。我则负责烧火，猛火蒸 15～20 分钟，慢慢就有浓浓的香味四处弥漫，父亲一边添水，一边观察肉糕的质量。我就眼巴巴地等着父亲那一声吆喝，熟啦，父亲猛哈一口气，取出蒸笼，水汽朦胧中，鲜美的味道沁人心脾。

肉糕出笼了，满屋飘香，散发着袅袅热气。母亲会赶忙叫来左邻右舍，过来品尝我家的热肉糕，趁热吃，滑软香嫩，更具一番风味。听到邻居们那一句句：哇，你家的肉糕真泡松，有筋道，真鲜呀，看着他们脸上洋溢着真诚的笑，母亲也露出满足的笑容，那里面盛满着成就与喜悦，也预示着来年一帆风顺。

在我们那里一段传说：隋朝年间，有一钦差大臣来麻城巡查，接待他的官员得知这位钦差是北方人，喜食肉但不会吃鱼，于是命令厨师做一道"见肉不见鱼"的菜来招待钦差。厨师挖空心思，细心将鱼去刺剥皮，剁成肉泥，后用苕粉、鱼茸混合鲜肉泥，配上作料蒸成块型。不想大臣食之后，连称"甚美"。

从此，麻城肉糕就美名传天下。无肉糕不过年，无肉糕不成席，麻城的酒席称为"肉糕席"，年前人们相遇必问"肉糕剁了没"，肉糕剁了，年就来了。

肉糕在人们心中的地位一经确定，就如同捧红了的歌星，场场不离。如今无论哪家有了红白喜事，或春播秋收、嫁娶迎送的，筵席上肉糕总要闪亮登场。所以，有串门走亲戚的，都不说去哪家去吃饭，而笑眯眯地说去"吃肉糕席"。

拜年时，在三姑六姨家，千万不要转身就走。一定要坐下来，让长辈们热一碗满满的肉糕给你吃，陪她唠唠家常，将他们那一份份疼爱慢慢品尝在心里，也让她们将那一份自豪盛开在笑容里。如果你不吃，你就是有再急的事，他们也会生气的。她们会一直念叨着，哪怕过了一个月甚至一年。哎，××，你都没吃我家的肉糕，是我做的不好吃了，还是你不爱我了，还是与我生疏了。她会将那一份遗憾深深的，长久地留在心里。

如果过年的时候，你是第一次到岳父岳母家。你可一定要心甘情愿兴高采烈心满意足的吃完，如果你敢推辞，说不定你的亲事也被他们推辞掉了。

在我们那里，肉糕不光是一种美食，更是一种象征，是一种满足，成就，富裕，疼爱。在麻城，如果有人给你递来满满一碗肉糕，你就吃了吧。它会让你齿颊留香，它会让你情深意长，麻城就会烙在你的心里，终身难忘。

肉糕作为一种美食一种菜肴，在麻城人民心目中地位崇高。不管什么酒席，肉糕都会在人们兴致最高的时候上桌，上席之后，一定会隆重的放起鞭炮，这顿酒席才算圆满。一顿酒席的好坏，往往取决于肉糕的质量。吃完之后，人们总免不了对肉糕的品头论足。肉糕好，客人也心情畅快，主人也无比自豪。如果有点瑕疵，总会给彼此的心中留下遗憾。

不管时代怎么进步，人们的生活水平怎样提高，肉糕一直是人们心目中分量最重的菜肴。我们这儿原来都有"狗肉不上席"的说法，现在不光是狗肉，还有羊肉王八都上席了。原来的 8 大碗也改成 12 碗或者 16 碗了，同样，很多菜也被淘汰掉了。但是肉糕从来都是稳稳的站在各种酒席最重要的位置。只要它一上桌，马上将其他的菜放在边上，它放在最中央，好让所有的客人都品尝得到。人人都会夹一块，细细品味，就连跑下酒席的娃娃也会回来尝上一口。

肉糕不光是麻城一绝，也是麻城一宝，更是一张麻城的名片。南来北往的客商一来麻城，总会特点一盘肉糕解解馋。我走过很多地方，吃过很多美味，从来没碰到过肉糕这种鱼肉搭配的做法，从来没有这么淳厚清爽的味道。一想起麻城肉糕，便感到清香扑鼻，那种美味，舌头一接触，便被磁化了。这是一种沁入灵魂的，浓浓的故乡的味道，让人浮想联翩，即便是空口咀嚼，也让人留连。

肉糕，它的香味儿沁润在每一个麻城人的生命里。你的出生，每一年的春节，结婚，买房，生子，以至于你的老死，每一个或喜悦或悲伤，或庄重或轻快的场合，都有肉糕陪伴着你。

无论我在哪里，我都会想起故乡的肉糕。就像儿子思念爹娘，就像游子赋着离骚，就像禾苗仰望着天空，就像知了眷念着树梢。

肉糕糅杂在故乡的篱笆墙上，稻田的蛙鸣声中，母亲蒲扇的凉风下，妻子的唠叨爱恋里，儿女的牵挂思念中，随着柔和的风，带着浓浓的香，飘在我长长的梦里。

世界那么大，约吧，来麻城游山玩水，品味深厚的文化素养，放飞自由的心情。你若来，我必盛上满满一碗热肉糕，不要你推辞，不要你拒绝，相信你会爱上它。